光源氏《ひかるげんじ》
紫の上《むらさきのうえ》

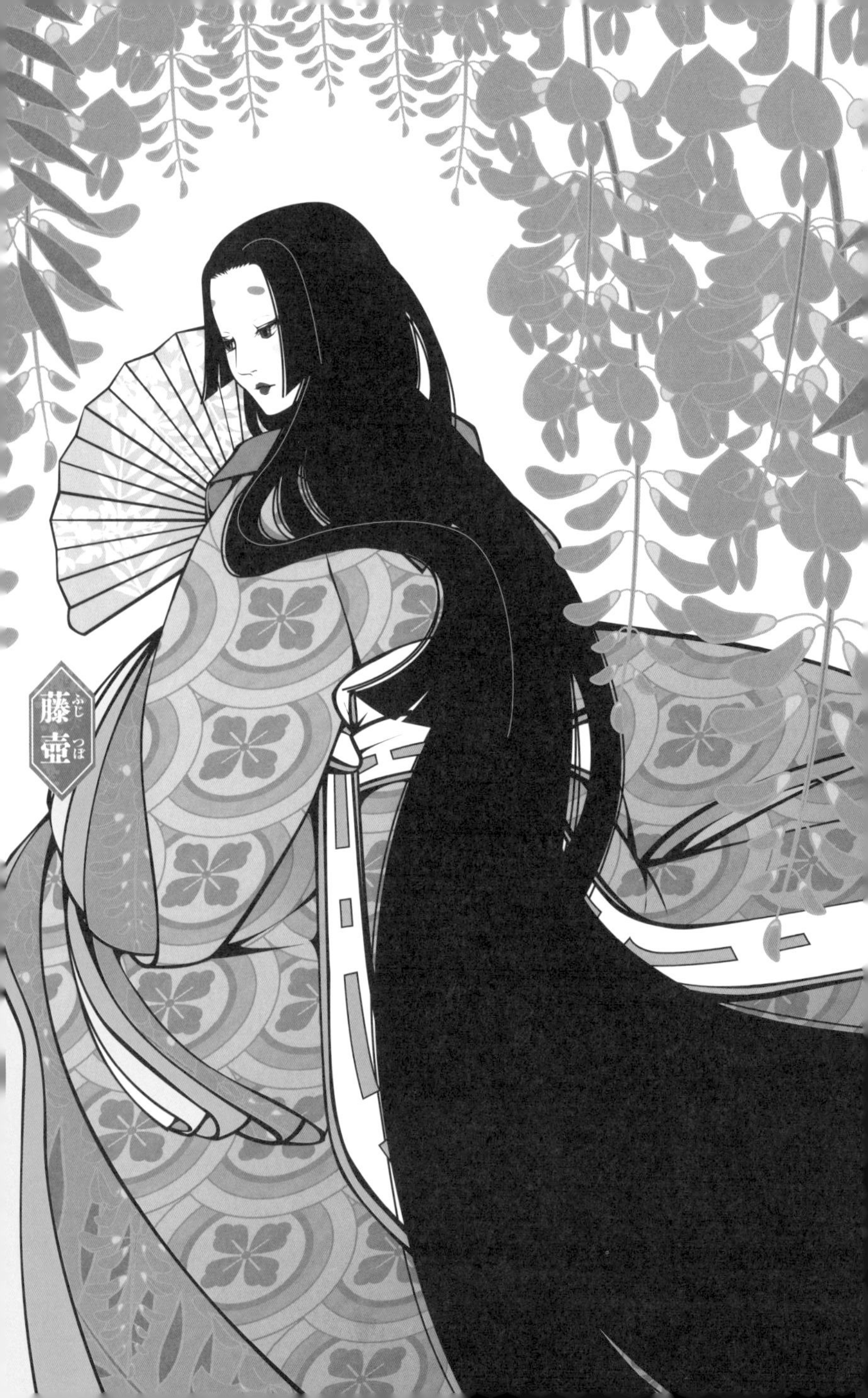

藤壺
ふじ　つぼ

六《ろく》条《じょうの》御《み》息所《やすんどころ》
葵《あおい》の上《うえ》

朧《おぼろ》月《づき》夜《よ》

明《あ》石《かし》の君《きみ》

玉鬘
たまかずら

夕顔
ゆうがお

朝顔の姫君
あさがお の ひめぎみ

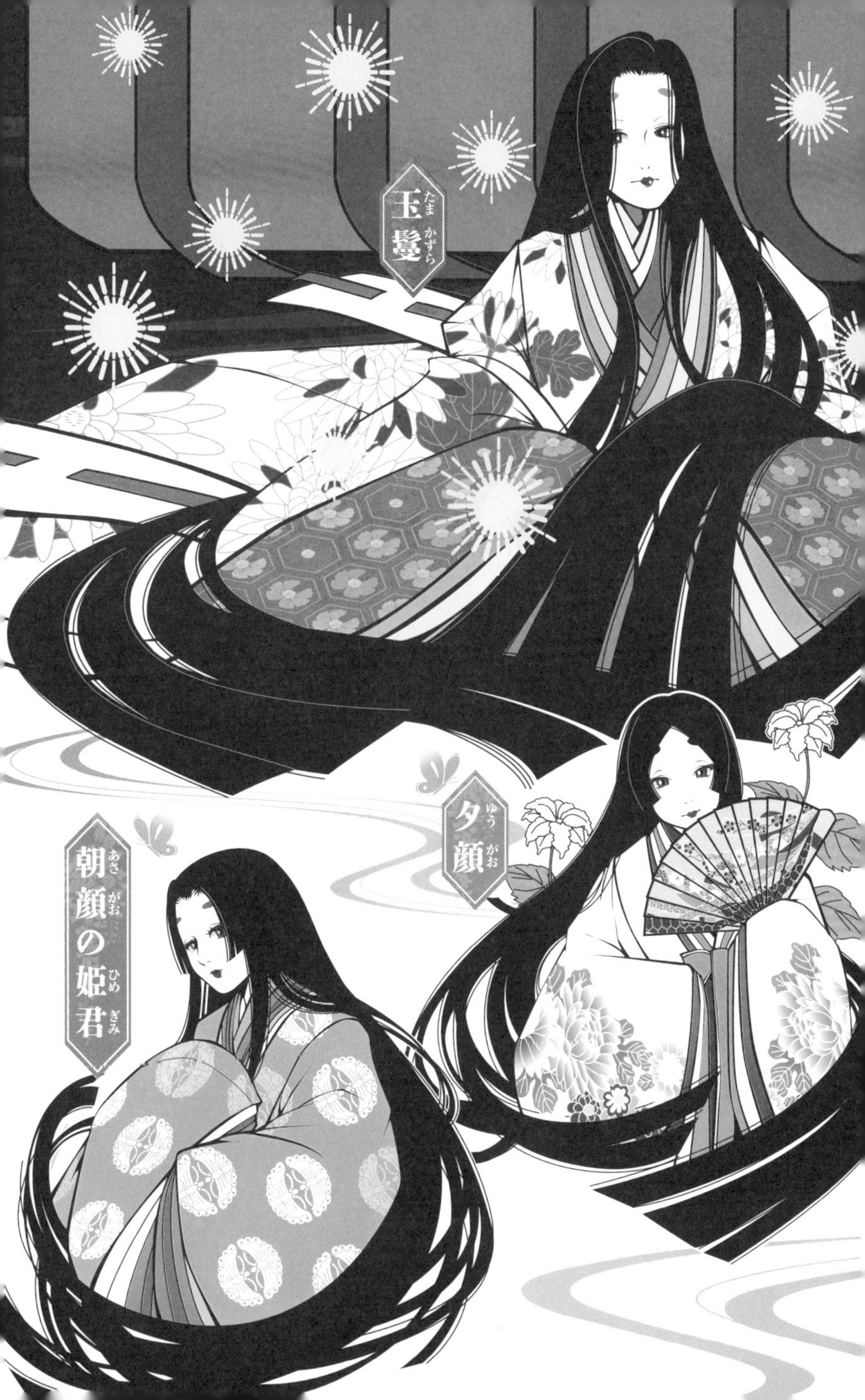

花《はな》散《ちる》里《さと》
源《げんの》典侍《ないしのすけ》
末《すえ》摘《つむ》花《はな》
空《うつ》蝉《せみ》

桐《きり》壺《つぼ》の更《こう》衣《い》
弘《こ》徽《き》殿《でん》の女《にょう》御《ご》
女《おんな》三《さん》の宮《みや》
大《おおい》君《ぎみ》

匂《におう》の宮《みや》
浮《うき》舟《ふね》

源氏物語

紫式部が描いた18の愛のかたち

板野博行

青春出版社

はじめに

『源氏物語』は、世界に誇る日本の古典文学作品であると同時に、今読んでも最高に面白い超一流のエンターテインメント作品です。この本では『源氏物語』のストーリーを追うのではなく、魅力的な十八人の女性の生き方に焦点を当てました。ヒロイン「紫《むらさき》の上《うえ》」だけにとどまらず、個性豊かな女性たちが真実の愛に生きようとする姿は、時に健気《けなげ》で時にはかなく、それぞれの「愛のかたち」があるものだと心打たれます。

壮大な物語を構築した紫式部ですが、それ以上に、登場人物の内面に入り込み、見事にその個性を描写しきっている点こそ、千年の長きにわたって『源氏物語』が読まれ続けてきた最大の理由といえるでしょう。

「『源氏物語』は読みたいけれど、長いし、話も複雑だからちょっと……」と敬遠している人がいたら、もったいない！　是非この本を通じて、世界最高の文学である『源氏物語』の世界に触れてみてください。そこには、千年前も今も変わらぬ男女の姿があり、今の時代に通用する「愛のかたち」があることに気がつくはずです。

板野博行

源氏物語　紫式部が描いた18の愛のかたち　目次

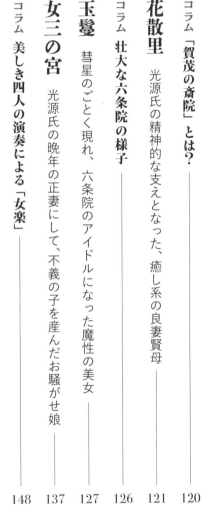

口絵イラスト／ヤマモトナオキ
DTP・図表作成／キャップス

1 葵《あおい》の上《うえ》

光源氏の最初の正妻にして、プライド高き左大臣の娘

左大臣の娘で、頭《とう》の中将《ちゅうじょう》の妹。愛なき政略結婚により、光源氏の最初の正妻となる。六《ろく》条御息所《じょうのみやすんどころ》の生霊《いきりょう》に取り憑《つ》かれ、息子夕霧《ゆうぎり》を出産後、二十六歳の若さであえなく急死する。

左大臣の娘と光源氏の政略結婚、そこに愛はあるか

光源氏の最初の正妻である葵《あおい》の上《うえ》は、父が左大臣、母は帝《みかど》の妹という超名門の娘でした。この「帝」とは光源氏の実の父・桐壺帝《きりつぼてい》のことなので、葵の上は光源氏の従姉にあたります。葵の上としては、将来は帝に入内《じゅだい》し、いずれは皇后になることを夢見ていたはずです。しかし、その夢は光源氏の妻となることで、もろくも崩れ去ります。

『源氏物語』の中では、「プライドが高く、冷たい女」というイメージで語られる葵の上ですが、彼女の高貴な血筋と立場を考えた時、彼女がどうして夫・光源氏に対して冷たい態度を取っていたのかがわかってきます。

稀代《きだい》の美男子であり、超人的なプレイボーイ光源氏と結婚することは、葵の上にとって果たして幸せだったのか、それとも不幸だったのか……。

光源氏は十二歳になった年に元服をしました。初冠《ういこうぶり》とも呼ばれる男子の成人式は、髪型を変え、大人の装束を着、初めて冠《かんむり》をつける儀式を行います。そして左大臣の深窓《しんそう》の姫《ひめ》君《ぎみ》、葵の上（十六歳）と結婚します。これは完全に政略結婚でした。

左大臣は、桐壺帝の寵愛《ちょうあい》する息子・光源氏と自分の娘を結婚させることで、桐壺帝とのつながりを強くしたいとの思惑がありました。当時、右大臣の娘・弘徽殿《こきでん》の女御《にょうご》は桐壺帝との間に皇子を生んでおり、東宮《とうぐう》（皇太子）争いにおいて一歩リードしていました。光源氏は父・桐壺帝からの寵愛が深く、左大臣としてもこれを利用しない手はありませんでした。

そこで左大臣は、娘婿の光源氏を丁重に迎え入れます。ところが光源氏は元服をしたとはいってもまだ十二歳の少年です。ドキドキしながら葵の上と初の対面をするのですが、四歳年上の葵の上は、光源氏にツンとした態度で接してきます。光源氏はがっかりです。光源氏は自分なりに理想の結婚像がありました。それは、亡き母・桐壺の更衣《こうい》と生き写しだと噂される藤壺《ふじつぼ》※のような女性と結婚することでした（光源氏はマザコンでした）。ところが結婚した葵の上は、いつ会いに行ってもお高くとまっていて冷たい態度をとるばかり。光源氏はだんだん会いに行くのが億劫《おっくう》になってしまいます。

一方の葵の上のほうも、言いたいことは色々ありました。左大臣の娘として大切に育てられ、いずれは東宮に入内して后《きさき》となるつもりだったのに、臣下の光源氏と政略結婚させられたのです。しかも相手は年下、まだ十二歳の男の子。さらに悪いことに、光源氏が義母・藤壺を慕っていることにも勘付いており、気位の高い葵の上としては許せないことだらけです。

二人の間には夫婦としての愛情はなく、ただ空しく月日が流れていくだけでした。

その間、光源氏はさまざまな女性と恋愛（浮気です）をしますが、時々は葵の上のもとを訪れます。なにせ正妻ですし、左大臣家は強力な後ろ盾ですからおろそかにはできません。

ところが、成長して立派な貴公子になった光源氏を前にしても、葵の上は相変わらず冷たい態度のままで、全然かわいらしいそぶりを見せてくれません。光源氏が大病を患った時も、葵の上は見舞いにすらきてくれないのです。

義父の左大臣は何かと光源氏に気を遣ってくれ、葵の上の兄・頭の中将とも一緒に青春を謳歌する遊び仲間としてうまくいっているのですが、正妻・葵の上とだけはしっくりこない日々が続きます。まあ、あっちこっちで浮名を流し、しまいには幼い紫の上を引き取って理想の妻にすべく育てている夫を、温かく迎え入れろというのも無理な相談なのかもしれません。マザコン＋ロリコン男、光源氏……。

※藤壺……先帝の第四皇女。桐壺の更衣にとても似ていたので桐壺帝に入内した。

和歌を一首も詠《よ》んでいない葵の上の謎

ところで、この葵の上にはとても特徴的なことがあります。なんと、『源氏物語』の中に葵の上が詠んだ和歌が一首も書かれていないのです。当時、和歌といえば貴族の必須の教養でした。まして、男女間では和歌のやりとりから恋愛が始まり、その後も想いを伝える手段として和歌の存在はなくてはならないものだったのです。

ところが、葵の上の詠んだ和歌が一首も掲載されていないとなると、これは作者の紫式部が明らかに意図したことだと判断するしかないでしょう。和歌のド下手な末摘花《すえつむはな》（63ページ）ですら六首の和歌を詠んでいます。

つまり、葵の上の和歌が残されていないのは、彼女が和歌を詠まなかったり下手だったりしたからではなく、光源氏との夫婦間がいかに冷めきったものだったかを証明するものなのです。葵の上の愛のかたちは、「冷めきった仮面夫婦の関係」という悲しいものでした。

「車争《くるまあらそ》い」に勝利した結果、恐ろしい事態に……

やがて光源氏が二十一歳の時に、父・桐壺帝が譲位して朱雀帝《すざくてい》の治世になります。朱雀帝は右大臣の娘・弘徽殿の女御と桐壺帝との間の子で、光源氏の異母兄にあたります。光源氏は臣籍に降下させられていて東宮にも帝にもなれない立場。プライドの高い葵の上は、右大臣家の繁栄を見て、歯ぎしりして悔しがったに違いありません。

同じ時期に、都の賀茂《かも》神社に奉仕する「斎院《さいいん》（120ページ参照）」も代わり、その御禊《ごけい》の行列に光源氏も参列することになりました。ここで登場するのが、光源氏の愛人・六条御息所です。

この当時、光源氏にとって六条御息所は重たすぎる愛人でした。六条御息所もそれを感じ取り、光源氏と距離を取っていました。しかし、やはり愛する人の晴れ姿は見たい……六条御息所は衝動に駆られて、こっそりと人目につかないように見物に出かけました。

一方、正妻の葵の上は夫の晴れ姿になど興味なし。本人は行きたくなかったのですが、周りの女房《にょうぼう》たちから「行きましょうよ～」とせがまれて、急遽出かけることにしました。

葵の上の車（牛車《ぎっしゃ》）が到着すると、すでにあたりは一面に見物の車がびっしりと並んでいました。でも、そこは光源氏の正妻です。その地位を利用して「どけどけ〜」といわんばかりに他の車を押しのけて、特等席を得ようとします。ところが運悪く、そこには六条御息所の車がいたのです。

「私は光源氏の正妻なのよ、おどきなさい!!」

葵の上の車と六条御息所の車とが激しく場所取り争いをした結果、葵の上の従者たちによって六条御息所の車は後ろのほうに追いやられてしまいます。六条御息所はもともとお忍びで来ていたのに、騒ぎの中で正体がバレ、しかも「正妻と愛人」という地位の差をまざまざと見せ付けられたことに大いに傷つき、プライドはズタズタです。

さらに葵の上が妊娠していたことが発覚します。光源氏とは仮面夫婦だったはずなのにいつの間に……？ 「許せない!!」。嫉妬深い六条御息所を怒らせるとどうなるか、不吉な予感がします。

その予感は的中します。

出産が近づいた葵の上が物《もの》の怪《け》に襲われて苦しんでいました。光源氏は自ら加持祈祷《かじきとう》※の手配などをして葵の上を見守ります。改めて見ると葵の上は美しく、光源氏を頼るように見つめるまなざしに、今まで感じたことのなかった愛情を感じます。

ところが、葵の上が泣きながら「苦しい……、祈祷をやめてください」と言い出したのです。光源氏が不可解に思ってよく聞いてみると、葵の上本人の声ではなく、なんとそれは六条御息所の声でした。葵の上を苦しめていたのは、六条御息所の生霊で、葵の上に乗り移ってしゃべりだしたのです。ああ、恐ろしや。

※加持祈祷……願い事の成就や病気平癒などのために行われた密教の呪法。仏の法力による加護を祈ること。

葵の上の魅力に気づいた光源氏。しかし、時すでに遅し

葵の上は危険な状態を乗り越えてなんとか無事に男児（夕霧）を出産します。葵の上は出産の疲れから弱ってやつれているのですが、その姿が美しく、またいとおしく映り、光源氏は「どうして今までこの魅力に気がつかなかったんだろう」と今更ながら仮面夫婦だったことを後悔します。

生まれた子どもは愛らしく、これからは夫婦としてうまくやっていこう、と思っていた矢先、葵の上が急死してしまいます。光源氏と結婚して十年。葵の上は二十六歳の若さで亡くなってしまいました。

光源氏は、葵の上の父である左大臣とその家の人々とともに哀しみに打ちひしがれます。

他の愛人たちのもとに出かけることも控えて、ただ葵の上との関係を悔やみながら念誦《ねんず》し、四十九日の忌明けまで左大臣邸で過ごしました。しかし、葵の上が亡くなった今となっては光源氏と左大臣家とのつながりはなく、しばらくして光源氏は左大臣の家を辞し、二条院（桐壺の更衣の実家を改築した光源氏の自邸）に戻るしかありませんでした。

こうしてみると、葵の上の人生はちょっとかわいそうです。左大臣の娘として生まれ、教養も高く気品溢れる女性であったにもかかわらず光源氏と政略結婚させられ、夫の浮気相手である六条御息所の生霊に取り憑かれる不幸などもあって、若くして死を迎えます。

光源氏とはギクシャクした夫婦関係が続いていましたが、夕霧が生まれることで、これから良好なものになっていく可能性を秘めていただけに残念な死です。光源氏との間に歌を一首も交わし合っていない、というのもかわいそうな気がします。

葵の上を形容する言葉として、『源氏物語』の中で「うるはし」という語がしばしば用いられています。これは「端正な美」を意味する古語です。光源氏は葵の上の美しさを認めつつも、「うるはし」＝「きちんとし過ぎている」……とちょっと息苦しさを感じていた様子を作者の紫式部が表そうとしたのでしょう。

二人が本当の夫婦として愛情を育むにはもう少し時間が必要でした。若すぎた夫婦の愛のかたちは、未成熟なまま葵の上の急死という形で幕を閉じたのです。

コラム

平安時代の政略結婚

平安時代の貴族にとっての「結婚」とは、「より地位の高い家と親戚となって社会的後ろ盾を得る」ためにするものでした。本人の意向を無視した結婚もままあったため、こうした経緯のもとに結婚した夫婦では、愛情関係をうまく結べるとは限りませんでした。帝の息子・光源氏と左大臣の娘・葵の上との関係は、この典型的な例です。

政略結婚といえば、「この世をば我が世とぞ思ふ望月《もちづき》の欠けたることもなしと思へば」と詠み、栄華を極めた藤原道長は、摂政《せっしょう》・兼家の息子とはいえ、五男だったので将来をあまり期待されていませんでした。しかし、左大臣・源雅信《みなもとのまさのぶ》の娘・倫子《りんし》と結婚することにより、左大臣という強力な後ろ盾を得て、これが出世へとつながりました。

村上天皇の皇子《みこ》・具平親王《ともひらしんのう》が、娘の隆子を道長の嫡男《ちゃくなん》・頼通《よりみち》の妻にと申し入れた時、道長はこの姫君と息子との縁談を「男は妻がらなり（＝男の価値は妻次第である）」と言って喜びました。

道長の娘・中宮彰子《ちゅうぐうしょうし》に仕《つか》え、この『源氏物語』を書いた紫式部が、光源氏に「源」の姓を付けたのは、道長を出世に導いた左大臣・源雅信や、当時有力者を輩出していた「源氏」を意識していたのは間違いないところでしょう。

2 空蝉《うつせみ》

光源氏を愛しつつも、「一夜限り」を貫いた人妻

老齢の地方官・伊予《いよ》の介《すけ》の後妻。八歳年下の光源氏と一夜限りの契《ちぎ》りを交わすが、以後は光源氏との身分格差を考え、揺れる思いを抱きながら求愛を拒み通す。

恋に恋する十七歳の光源氏と人妻・空蝉《うつせみ》との出会い

光源氏と空蝉との出会いのきっかけは、光源氏が男友達と女性談義をしたことに始まります。この女性談義を「雨夜《あまよ》の品定《しなさだ》め」といいますが、詳しい内容は28ページのコラムに譲るとして、その女性談義の翌日、恋に恋する十七歳の若い光源氏は、ちょっと期待して正妻・葵の上のもとを訪れます。しかし、相変わらずつれない態度をとる葵の上にがっかりして、方違《かたたが》え※を口実に早々に出かけて行きます。

行き先は郊外にある家来の邸です。光源氏は、ゆったりと邸の様子を見ながら、「昨夜、頭の中将たちが言っていた、『恋をするなら中流階級の女!!』は、きっとこういうところにいるんだろうなー」なんて、ぼんやりと淡い期待を抱きます。

果たして、そこには伊予の介※の後妻である空蝉が滞在していました。空蝉は、かつて宮仕えの話はあったものの、父が亡くなったため心ならずも地方官の後妻になっている美女（あくまで噂ですが）……まさに「中流階級の女」を絵に描いたような女性です。

この伊予の介は、息子と共に光源氏の家来でしたが、すでに老齢に達していました。『チャンスかもしれない』……空蝉に興味をそそられた光源氏は、さっそく夜中にこっそり忍び込みます。そして「決して一時の遊び心ではありません。ずっとお慕《した》い申し上げていました」と甘い言葉をささやく光源氏。それに対して、「お人違いでしょう」と言って必死で抵抗する空蝉を、無理やり抱く光源氏……。このあたりの行動力はさすがとしか言いようがありません。

人妻であっても、まったく臆するところがありません。十七歳の光源氏にとって、「自分より年上、かつ人妻」である二十五歳（推定）の空蝉の存在が、とても魅力的に見えたのも事実でしょう。

一方の空蝉は、自分の身分や置かれている状況をわきまえています。夫のいる身であることはもちろんですが、かりそめの逢瀬《おうせ》を楽しむほど、自分は若くないこともわかっていますから、光源氏の求愛を素直には受け入れません。しかし、それがかえって光源氏のラブハンターとしての心に火をつけます。光源氏はこの後、味方に引き入れた空蝉の弟の小《こ》君《ぎみ》に命じて、たびたび空蝉に熱烈なラブレターを送るのでした。

※方違え……陰陽道《おんみょうどう》の禁忌の思想に従って、目的地が方位神である天一神《なかがみ》・大将軍《だいしょうぐん》などのいる方角にあたる場合はこれを避けて、前夜吉方の家に一泊して方角を変えて目的地に行くこと。

※伊予の介……伊予の長官。前妻との間に、紀伊《きい》の守《かみ》と軒端《のきば》の荻《おぎ》がいる。伊予は現在の愛媛県にあたる。

身分の差に悩む空蝉が下した結論とは

一方の空蝉はというと、夫のいる身でありながら光源氏に体を許してしまったことを恥じ、「もし誰かに知られたらどうしよう」と気が気ではありません。しがない老地方官の後妻である自分と、今をときめく貴公子光源氏とでは、住む世界が違いすぎます。

光源氏に愛されることを内心ではうれしく思いながらも、ここはやはり薄情な女になって嫌われたほうが良いと決断し、光源氏からの手紙に返事をしませんでした。

ところが光源氏は、空蝉にどんどん惹《ひ》かれていきます。空蝉のつれない態度は、光源氏の心の中で燃える恋の炎に、かえって油を注ぐようなものだったのです。このあたり、紫式部は若い男の心理や恋心を本当によく知っているものだと感心します。

ある日、空蝉の夫がしばらく留守にすると知った光源氏は、再び空蝉に逢うチャンスを得て、ルンルン気分で空蝉のいる邸へ向かいます。小君の手引きを待っている間、光源氏が邸の中の様子を窺《うかが》うと、空蝉と継娘《ままむすめ》の軒端の荻が二人で碁を打っている姿が垣間見《かいまみ》えました。暑い日だったので、格子を上げて外から涼しい風を室内に入れていたのです。

前回の情事の時は暗闇だったので、空蝉の姿はよく見えなかったのですが、今回初めて明るい場所で見てみると、空蝉は小柄で痩《や》せていてそれほど美人ではありませんでした。というより、むしろ不美人です。

がっかりする光源氏……と思いきや、よく見ると空蝉は、雰囲気が落ち着いていて、たしなみ深い大人の様子。それが、恋する光源氏にはとても魅力的に映りました。

一方、継娘の軒端の荻のほうは色白で豊満、顔はかわいらしくて全体的に華やかな様子です。ただし、着物が乱れるのも気にせず陽気にはしゃいでいる様子は、まだまだ若くてお茶目な女の子、という感じです。

夜這いをかけて空蝉を再び抱いた光源氏だが……

さて、夜になりました。行動開始です。

光源氏は空蝉の寝床にそっと忍び寄ります。ところが、空蝉はあの夜のことを思い出しながらまだ起きていたのです。「近くに衣《きぬ》ずれの気配がするわ……。しかもこの良い香りはもしや光源氏様！」。勘の良い空蝉は光源氏の存在に気がつきます。

空蝉はとっさに着物を一枚だけ羽織って、隣でぐっすり眠っている軒端の荻を残して逃げていってしまいました。

そうとも知らない光源氏は、「おおっ！　空蝉がおとなしく一人で寝ているぞ。チャ〜ンス！」とばかりに、喜んで襲いかかるのですが、途中で「あれ？　この前よりムチムチしているな……。変だぞ、もしや先程見た娘のほうかもしれない!?」と、空蝉が逃げてしまったことに気がつきます。

当時は、夜真っ暗な中で男女の契り（肉体関係）を結ぶのが普通だったので、同衾《どうきん》しても相手の顔すらわからない場合がありました。今回もそれに近い状況なのですが、さすがに空蝉と軒端の荻の体格の違いからくる抱き心地に、光源氏は別人だと気がついたのです。前に、「空蝉は痩身」「軒端の荻は豊満」と対照的なプロポーションの記述があったのは、抱き心地がずいぶん違うことで光源氏がピンとくる、という伏線だったのです。

この時、光源氏は空蝉の強情さに呆《あき》れつつも、目の前の軒端の荻には、「世間で公認の夫婦仲よりも、こうした人目を忍ぶ仲こそ、一層情愛も深いものです」なんて殺し文句をとっさに並べて、ちゃっかり契ってしまいます。光源氏は引き続き、「私はあなたを愛していますから、あなたも愛してください」などと歯の浮くような口からでまかせのセリフを発しています。頭の回転が速く、口が上手い。そして恐るべき好き者の光源氏です。

とはいうものの、空蝉にフラれたことは事実です。光源氏は、空蝉が残していった薄衣を未練たらしく持ち帰るのでした。

光源氏への想いを抱いたまま夫と地方に下る空蝉

光源氏は、「空蝉はなんて頑固で薄情な女なんだ」と愚痴をこぼすのですが、本当に辛いのは空蝉のほうでした。

「私が伊予の介の後妻なんかではなくて、もっと身分が高かったら、そして夫より先に光源氏様に出会っていたらどんなによかったでしょう。でも私と光源氏様とでは住む世界が違いすぎます……。ああ、私の人生は、なんて不運なのでしょう……」と、泣く泣く光源氏を拒否していたのです。

「嫌いだからふったのではなく、好きだからこそ深入りしない」。年上の大人の女性の愛のかたちです。まして身分違い、さらに人妻、と悪条件は重なっています。光源氏と恋愛すれば、結局捨てられて、より大きく傷つくのは自分だと空蝉はわかっていました。

しかし一方では、若く立派な貴公子である光源氏に愛される幸せをひとときでも味わってみたい、人生は一度しかないのだから……そんな誘惑が心に渦巻いたのは紛《まぎ》れもない事実でした。

その後、夕顔《ゆうがお》の一件（29ページ）で病気がちになっていた光源氏のもとに、空蝉は手紙を送ります。そこには、光源氏の病気を見舞うとともに、光源氏への切ない想いと夫とともに地方に下る悲しさが、したためられていました。光源氏はそうした空蝉の大人の優しさや配慮をうれしく思い、心を込めた返信をするとともに、あの夜持ち帰った薄衣を空蝉に返してやるのでした。

こうして、十七歳の光源氏の淡い初恋ともいえる空蝉との一件は、静かに幕を下ろしました。その後、空蝉は任期を終えた夫とともに常陸国《ひたちのくに》（現在の茨城県）から京へと戻ってくる途中、偶然京都府と滋賀県の境にある「逢坂《おうさか》の関」で石山詣《いしやまもうで》（滋賀県大津市にある石山寺への参詣《さんけい》）に向かう光源氏の一行と出くわし、手紙を交わします。

その時、隆盛を極める光源氏の一行が通れるよう、木陰に隠れるよう控えなければならなかった空蝉は、光源氏とのあまりの身分の差を痛感します。そして、しょせん自分の気持ちなどわかってもらえない悲しみに打ちひしがれ、昔の光源氏との逢瀬を思い出しては涙を流し、歌を贈ります。

あふさかの　関やいかなる　関なれば　繁《しげ》きなげきの　中をわくらん

【訳】逢うという名をもつ逢坂の関とは、どういういわれをもつ関所ゆえ繁る木々の中をかき分けてこうも深い嘆きを重ねるのでしょうか。

空蝉のモデルは、実は紫式部だった？

時が経ち、三十代後半で未亡人になった空蝉は、なんと継子《ままこ》に言い寄られ、人の世の浅ましさにあきれ果てて一人寂しく出家してしまいます。「ああ、私はなんて不運なのかしら……」と打ちひしがれていた空蝉ですが、のちに光源氏に引き取られ、後世は静かに仏道に専心する生活を送りました。

この「空蝉」という名前は、光源氏の求愛に対して、彼女が一枚の薄衣を残し逃げ去ったことに対して、光源氏が「蝉の抜け殻（空蝉）」に託して贈った和歌から付けられたものです。光源氏の求愛を拒むことで、かえって光源氏にとって一生忘れられない女性になったところにこそ、空蝉の愛のかたちがあったのかもしれません。

ちなみにこの空蝉は、その境遇や身分から、実は紫式部本人がモデルではないかと言われることがあります。特に「年の離れた受領《ずりょう》の後妻（その後、夫と死別）」という設定は、紫式部本人の境遇に近いものです。紫式部は、親子ほども年の差がある山城《やましろ》の守（現在の京都府南部の国司長官）藤原宣孝《のぶたか》と結婚し、のちに死別しています。それだけに、光源氏を愛する空蝉の揺れ動く気持ちが手に取るようにわかったのかもしれませんね。

コラム

雨夜の品定め

光源氏十七歳の夏のことです。五月雨続きで部屋にこもっていた光源氏のもとに、左馬《さまの》頭《かみ》（左馬寮《さまりょう》の長官）と藤式部丞《とうしきぶのじょう》（式部省の三等官）、そして義理の兄である頭の中将（葵の上の兄）が遊びにきました。そして、それぞれが自分の恋愛体験を自慢げに語ります。

その中で、真打は頭の中将でした。頭の中将は、「常夏《とこなつ》の女」と呼ぶ女性を深く愛し、女の子までなした、と語ります。しかし、頭の中将の北の方（正妻）にその浮気がバレてしまい、その嫉妬を恐れた「常夏の女」は娘とともに行方不明になってしまったというのです。のちにわかることですが、この「常夏の女」こそ次章の「夕顔」だったのです。

これが有名な「雨夜の品定め」といわれるものです。男が四人集まって経験談を語りながら、世間の女を上中下の三階級に分け、どんな女がイイ女なのかを品定めしたのです。

ここで光源氏がわかったことは、上流階級より中流階級の中にイイ女がいるということです。プライドがそれほど高くなく、それなりの金持ちの親に大切に育てられ、十分に教養も備えた美しい女性がこの世にいることを教えられて、まだ恋愛初心者だった光源氏は思わず想像を膨《ふく》らませてしまうのでした。

3 夕顔《ゆうがお》

二人の貴公子に愛され、はかなくも散る薄幸の美人

光源氏の義兄・頭の中将の愛人で、玉鬘《たまかずら》をもうける。光源氏とも愛し合うが、密会中に六条御息所の生霊にとりつかれて死亡。遺児玉鬘はのちに発見され、光源氏に引き取られる。

恋の季節の真っただ中で光源氏が出会った運命の女性とは

光源氏十七歳の年、彼は恋する季節を迎えます。そのきっかけは、義兄・頭の中将や先輩たちにイケナイ恋愛を吹き込まれたことにあります。それは、「雨夜の品定め（28ページ参照）」といわれる有名なシーンですが、当時のウブな光源氏にとっては諸先輩たちの恋愛談は、とても刺激的なものでした。

なにせ、正妻・葵の上とは政略結婚だし、イマイチ夫婦仲もうまくいっていない。葵の上は美人で賢いとはいえ、左大臣の娘としてプライドが高く、かつ年上なので扱いも難しい……。遊び盛りの十七歳の光源氏としては、恋に恋するのも当然です。

光源氏はこのころ六条御息所と付き合っていました。これまた七つも年上で、プライドも超一流な女性。浮気相手にはちと荷が重すぎる相手でした。また、人妻・空蝉との恋愛もなかなかうまく進行しません。なんとか頭の中将の言う、イケナイ恋愛をしてみたいものだ、と思っていたその時のことです。

ある日光源氏は、六条御息所に会いに行く途中、五条の辺りに住んでいた病気の乳母《めのと》※のお見舞いをします。たまたま乳母の家の前で、門が開けられるまでの間、車の中で待っていた光源氏は、隣家の前に咲く白い夕顔の花に目が留まりました。このあたり、運命の赤い糸を感じさせるシーンです。

光源氏がこの花を家来の惟光《これみつ》※に取りに行かせたところ、家から童女が現れて、扇を渡されます。その意味は、「この扇に花をのせて御主人のところに持っていけば？」というものです。惟光は扇の上に夕顔の花をのせて光源氏に渡しました。

光源氏が手に取って見てみると、扇には香が深く焚《た》き染《し》めてあり、よく見ると和歌まで書き添えられていました。なんと風流なこと。それ以上に、これはまさに当時では男をいざなう見事な手練手管といえます。そして、この扇と和歌を贈ったのが、運命の恋の相手、「夕顔」でした。

実はこの夕顔は、『源氏物語』五十四帖《じょう》中この「夕顔」の巻にのみ出てきて、そのはかない命を終えてしまう薄幸の美人なのです。

※乳母……母親に代わり、貴人の子を養育する女性。

※惟光……光源氏の乳母子《めのとご》。腹心の家来であると同時に、私的には兄弟のような関係で、光源氏の女性への手引き役によく使われる。

「抱き心地最高！」の夕顔に夢中になる光源氏

さて、光源氏の反応としては、「女性のほうから和歌を贈ってくるなんて、なんて大胆な！」とちょっと興奮気味。恋に恋するプレイボーイの光源氏は夕顔に興味津々です。夢見ていたイケナイ恋の予感が彼を襲います。

そして、さっそく光源氏はこの家に足繁《あししげ》く通うようになります。初恋ともいえる空蝉に逃げられ、荷が重い六条御息所との関係も持て余していた時期だったので、抱き心地が柔らかくおっとりとした夕顔にあっという間に恋をしてしまいました。

もちろん正妻の葵の上とはうまくいっていませんし、永遠の恋人藤壺への恋もかなわぬまま……。若い光源氏のエネルギーは、まっしぐらに夕顔に向けられます。

その夕顔は、細身でなよなよ～っとしていて光源氏に全身をあずけてくるような女性でした。それでいて男を全く知らないわけでもなさそうな様子。今まで年上でプライドが高い女性とばかり付き合ってきた光源氏には、たまらなく魅力的だったようで、どんどん夕顔の魅力に惹かれていきます。

朝別れて、夜また訪れるまでの間すら我慢できないほど、逢いたくて逢いたくてたまらない！ ほどの惚れようです（他に何もすることはないのでしょうか……）。

しかし、いくら好きとはいえ、今をときめく桐壺帝の息子、貴公子光源氏ともあろうお方が、夕顔の住むみすぼらしい家に堂々と通うわけにはいきません。夕顔が住んでいたところは西の京にあり、人が好んで住むところではなく、家も粗末で庶民的なものでした。

光源氏は身分を隠すために身をやつして、こそこそと夕顔の家に通います。どうせ真っ暗で何も見えないのに、顔にかぶりもの（覆面）までする念の入れようです。

一方の夕顔も、不思議なことに自分の素性《すじょう》をなかなか光源氏に明かしません。というのも、実は夕顔は、光源氏の義兄である頭の中将の元愛人で、娘（玉鬘）までいる身でした。夕顔は頭の中将の正妻からひどい嫌がらせを受けたため、娘を連れて隠れるようにこの五条に住んでいたのです。

つまり、「雨夜の品定め」で頭の中将が語っていた、イケナイ恋愛の相手とは、まさにこの夕顔のことだったのです。光源氏は前もって惟光に夕顔のことを調べさせていたので、夕顔の素性にはうすうす気がついていたのですが、そんな過去も含めて夕顔の虜《とりこ》でした。「義兄の元愛人に恋する光源氏」という複雑な三角関係、しかも三人ともその事実を知らないまま事態は進展していきます。「何かが起きる予感」をさせる、読む者を飽きさせない一流のストーリーテラー紫式部です。

六条御息所の生霊に呪い殺される夕顔

そして事件は起きます。八月十五日（旧暦では「中秋の名月」の日）、いつものように夕顔とラブラブな一夜をともにした光源氏は、次の日、夕顔と二人きりになろうと人気《ひとけ》の少ない廃院デートに連れ出します。

夕顔の家で過ごしていると、下々の生活の様子が漏れ聞こえてくるので、高貴な光源氏としてはもうちょっと生活臭のない世界で静かに二人っきりで過ごしたいな〜、と思ったわけです。お供《とも》は家来の惟光と、夕顔の付き添いの侍女《じじょ》だけ。

「もう誰にも邪魔されないぞ！」

とばかりに、光源氏は覆面（笑）をはずしてようやく夕顔に自らの素性を明かします。

そして、終日愛し合った十六日の夜、光源氏がウトウトしていると、夢の中に美しい女が現れてこう言います。

「私がこんなにもあなたを慕っているのに、こんな貧乏でつまらない女をあなたは愛しているなんて、悲しい！　ひどすぎます」

そう、この女性こそ怨念《おんねん》の塊、六条御息所の生霊※でした。

光源氏が驚いて目を覚ますと、辺りの灯が消えています。暗い中、様子を窺うと、隣で眠る夕顔は汗びっしょりで、すでに正気を失っているようです。「これはいかん！」とばかりに、光源氏は急いで魔除《まよ》けのために太刀《たち》を抜き、明かりを取り寄せて見てみると、すでに夕顔は事切れて冷たくなっていました。

あまりに突然の出来事に、光源氏はただただ茫然自失の状態です。光源氏は、夕顔の身体をしばらく抱いていましたが、事態を聞いた惟光が駆けつけると、緊張の糸が切れたのか、泣き崩れます。

※六条御息所の生霊……この段階では、夕顔にとりついたのは六条御息所の生霊とは断定できないが、このあとほぼ間違いないことがわかる。なお、六条御息所の生霊・死霊《しりょう》による被害者としては以下の女性たちがいる。夕顔（生霊により死去）／葵の上（生霊により死去）／紫の上（死霊により一時危篤）／女三の宮《おんなさんのみや》（死霊により若くして出家）。

死してなお美しい夕顔に光源氏号泣

惟光は、この件が表沙汰になると大変なことになるので、あとのことはすべて自分に任せるように言います。我に返った光源氏は、惟光の言うとおりにして、早々に自宅へ戻りました。一方、惟光の手によって東山に運ばれていく夕顔の遺体は、壮絶ともいえる美しさで描かれています。

屍《しかばね》と化しても、美しい夕顔……。蓆《むしろ》からこぼれ落ちる夕顔の黒髪を見て、目の前が真っ暗になる光源氏。悔やんでも悔やみきれない光源氏の気持ちが痛いほどわかるシーンです。

いったん二条院に戻った光源氏ですが、夕顔と最後のお別れをしないわけにはいきません。皆に怪しまれるのを覚悟で、夜中に忍んで惟光とともに馬に乗って夕顔の亡骸《なきがら》のある東山に向かいました。

馬から滑り落ちそうになりながらも必死で夜道を走り、やっと到着した東山のお寺で最後に見た夕顔は、生前と少しも変わったところのない、とても美しい様子です。光源氏は「もう一度、せめて声だけでも聞かせておくれ」と言って泣き崩れますが、夕顔からの返事はもちろんありません。

まわりにいた僧たちは、今回の事情を知らされていないのですが、光源氏の様子につられてみな涙を落とします。また、夕顔に付き添っていた侍女は、自分も死にたいと言いますが、光源氏はなんとかなだめて自分付きの女房にしました。

愛に生き、愛に死す。夕顔の愛のかたち

こうして夕顔との一件は秘密裏に処理したものの、夕顔ショックから立ち直れない光源氏は重い病気になり、一時は命も危ないほどになってしまいます。そのくらい夕顔の死は光源氏にとって辛いものだったのです。本当の意味での光源氏の「初恋」は、この夕顔だったのでしょう。

それにしても、二股三股の代償としては重すぎた「夕顔の死」です。夕顔の愛のかたちを形容するとすれば、「愛に生き、愛に死す、悲劇のヒロイン」というべきでしょうか。頭の中将との恋愛（と出産）、そしてその義弟である光源氏との恋愛、二つの恋愛に燃え尽きた夕顔の人生は、果たして幸せだったといえるのでしょうか。

こうした問いを読者に投げかけると同時に、紫式部は「玉鬘十帖（128ページ参照）」と呼ばれる壮大な伏線を張っています。

夕顔の娘、玉鬘が再び『源氏物語』に登場するのは、十八年の歳月を経たあとのことであり、立派に成長した彼女は、今度はヒロインとして『源氏物語』の舞台の中央に立つことになるのです。

コラム

夕顔は実は遊女だった？

夕顔は実は「遊女（＝娼婦）」であったとする説があります。

まず、大胆にも女性である夕顔のほうから贈った歌に対して、いくらお忍び中とはいえ光源氏がその場で返歌していないのは、当時の貴族の常識からして不自然です。

次に、夕顔は実は頭の中将のかつての愛人で、子ども（玉鬘）までもうけましたが、頭の中将の正妻にいじめられて身を隠してしまっていることなどからも、夕顔の身分がかなり低いものではないかと想像されます。

さらに、光源氏が夕顔に名前を問う場面で、「海人《あま》の子なれば」と答えているのは、遊女のことを示唆しているのではないかという説があり、事実、夕顔の住まいには遊女らしき多くの美しい女房たちが集まっている様子が描かれています。

ただ、夕顔が本物の遊女であったかどうかは別として、光源氏が彼女との恋愛に世俗や日常を超えた不思議な充足を見出したのは事実です。そして、一方の夕顔は、当代きっての貴公子たち（頭の中将・光源氏）との恋愛の末、六条御息所の怨念によってそのはかない命を失うという非常にドラマチックな人生を送ります。まさに愛に生き、愛に死んだ女性、といっても過言ではないでしょう。

4 紫《むらさき》の上《うえ》

光源氏にもっとも愛された『源氏物語』最大のヒロイン

光源氏の想い人・藤壺の姪《めい》。十歳で光源氏に見初《みそ》められ、十四歳で正妻格となるが、光源氏の浮気と女三の宮の降嫁《こうか》により現世に絶望し、出家を望むがかなわぬまま亡くなる。

絶望の中出会ったかわいい少女を強奪する光源氏

『源氏物語』の作者紫式部の「紫」は、最大のヒロイン紫の上からとられたとも言われています。「若紫」の巻から登場する紫の上は光源氏から愛された理想の女性だと言われますが、その人生は一筋縄ではいかないものでした。

物語は、光源氏十八歳の春から始まります。

その頃の光源氏は、愛する夕顔を物の怪のたたりで亡くし、そのショックから重い病気になるなど、不幸続きでした。そこで光源氏は、病気平癒の祈祷のために北山の僧のところに出かけていきました。光源氏が山辺を散歩していると、女の気配がする家があったので、垣根の隙間から中を窺ってみました。この辺りの行動は相変わらずの好色ぶりです。するとそこには色白で気品にあふれた尼君《あまぎみ》と、めちゃくちゃかわいい少女がいました。

この少女が、愛する藤壺にあまりにそっくりなので、光源氏は思わず涙を流して感動します。実は、この涙には深いわけがありました。

光源氏は幼い頃に母・桐壺の更衣を亡くしたため母を理想化し、その結果マザコンと化しました。同様に、光源氏の父・桐壺帝も、愛する桐壺の更衣亡きあと、がっくりきて政治もおろそかになるほどでした。そこで、桐壺の更衣に瓜二つの藤壺を後妻に迎えて、また元気を取り戻したのです。

問題はここからでした。マザコン光源氏は、成長するに及んで母とそっくりな義母・藤壺に恋してしまったのです。一方の藤壺も光源氏の求愛に心が動いてしまいます。夫よりも年齢的に近いということもありますが、あくまで義母と息子、禁断の恋です。

冷静になった藤壺は、光源氏のアタックを拒絶しました。その態度は当然のことでしたが、まだ若き光源氏はショックを受け、心が大きく傷つきます。そんな時、藤壺にそっくりな少女に出会ったのですから、まさに運命と言わずしてなんと言えばよいのでしょう。僧都《そうず》※からこの少女の素性を聞いた光源氏は、合点がいきます。この少女は藤壺の兄にあたる兵部卿《ひょうぶきょう》の宮の娘、つまり藤壺の姪っ子だったのです。側室だった母が亡くなったため、母方の祖母である尼君のもとで育てられていたのです。この少女こそ、『源氏物語』の最大のヒロイン「紫の上」であるのは、もうおわかりですよね。

それを聞いた光源氏は、「やったー!! 引き取って、理想の妻に育て上げればいいんだ!」と考えます。超自分勝手な発想、そして今度はロリコン……。

光源氏は紫の上を引き取りたいと申し出ましたが、尼君や僧都は、まだ十歳そこそこの少女を正妻もいる光源氏に預ける気にはならず断ります。

その頃、光源氏は不義を犯してついに藤壺と契ってしまい、その結果、藤壺は妊娠してしまいました。藤壺はあまりの罪の大きさに恐れおののき、光源氏との関係を断ちます。藤壺への想いが満たされない光源氏は、藤壺ゆかりの少女、紫の上を一層激しく求めるようになりました。やがて病気になった尼君は、将来のことを考え、光源氏に紫の上のことを託して亡くなります。

光源氏は紫の上が父親に引き取られる前に先手を打ち、まだ幼い紫の上を強奪する形で二条院（17ページ参照）に連れてきてしまいます。

※僧都……僧綱《そうごう》の中で僧正に次ぐ僧位をもつ僧官。僧綱とは、僧尼を取り締まったり、法務を処理したりする僧官。

少女から大人へ、美しく成長する紫の上

突然二条院に連れてこられてビックリした紫の上でしたが、光源氏にもすぐに馴れ、父や兄のように慕うようになりました。ある日、光源氏が他の女性のところに出かけようとすると、泣いて抱きついて離さないことがありました。光源氏は泣いたまま腕の中で眠っ

てしまう紫の上を愛らしく感じて、女性のもとには行かずに過ごすこともありました。

そんな紫の上でしたが、次第に少女から大人の女性へと美しく変身していきます。

その後、葵の上の出産・急死などの事件があり、光源氏はしばらく紫の上のいる二条院に帰れませんでした。そんなこんなで年月が流れ、ふと気がつくと、紫の上はすっかり大人の女性として成長していました。

「強引に引き取ってよかった〜」。あの大好きな藤壺とそっくりになっていく紫の上を見て、光源氏の喜びもひとしおです。

さて、紫の上と光源氏が出会ってから四年、紫の上も十四歳になりました。そんなある日、突然ともいえるタイミングで、光源氏は紫の上と新枕《にいまくら》（男女が初めて共寝すること）を交わします。これは光源氏の独断でなされたことでした。

紫の上のほうは、予想もしていなかった出来事に大ショックです。紫の上の立場で考えると、父や兄として慕ってきた光源氏がいきなり……。あまりのショックに、しばらく紫の上は光源氏と冗談も交わせないでいました。

ところが自分のペースで勝手に新枕を交わしたくせに、その後光源氏は朧月夜《おぼろづきよ》（91ページ）との危険な恋にのめりこんでしまい、ついには敵方右大臣に見つかって官位を剥奪《はくだつ》されてしまいます。さらに流罪《るざい》の刑が下されそうになった光源氏は、自ら須磨《すま》（現在の兵庫県神戸市須磨区）に退居することを決意します。

そんな勝手な光源氏に対して紫の上は、「私も須磨に付いていきます！」と言ってくれました。成長して大人になった紫の上には、妻としての自覚が芽生えていたのです。光源氏としては、得体の知れないド田舎《いなか》に大切な紫の上を連れて行くことはできません。

光源氏は、せめてもの形見として自分の鏡を紫の上に渡します。鏡には不思議な力があり、姿を映した人の魂は鏡に留まるという民俗信仰があったからです。それをもらった紫の上は、「泣くと不吉なことが起こる」と聞かされていたので、涙を必死にこらえるのでした。この紫の上の健気な姿にはこちらが泣けてきます。

度重なる光源氏の浮気に心が折れていく紫の上

光源氏が須磨・明石《あかし》（現在の兵庫県明石市）に行っている間、主人が留守となった二条院を紫の上はしっかりと守り抜きました。それなのに光源氏から届いた便りには、「そういえば、明石の君（１０１ページ）さんと浮気をしてしまいましたが、気にしないでね」なんてことが書いてあります。

これにはさすがの紫の上も耐え切れず、皮肉を言って返すのですが、カエルの面に何とかで、光源氏は全然へっちゃらです。光源氏が帰京したあと、明石の君に姫君が産まれました。子どものいない紫の上としては、光源氏が明石の君と姫君のもとにこそこそと出かける姿を見るにつけ、心がかきむしられる思いです。

明石の君の登場以来、嫉妬の炎に苦しむ紫の上でしたが、光源氏の計らいで明石の姫君を引き取って、養母として育てることになりました。明石の君より身分の高い紫の上が養母となることで、姫君が出世できると考えたからです（のちに姫君は明石の中宮となる）。

子ども好きな紫の上は、母性本能を全開にして姫君を大切に育て、気分を紛らわしていきます。そしてかわいい姫君を育てているうちに、明石の君への嫉妬心も自然と小さくなっていくのでした。姫君のほうも紫の上のことを本当の母親だと思って慕います。

光源氏の浮気もようやく一段落……と思っていたら、光源氏の浮気はまだまだ続きます。光源氏が朝顔《あさがお》の姫君（113ページ）のところに通っているらしいのです。光源氏の正妻としては身分の高い朝顔の姫君のほうがふさわしいと世間で噂されているのを聞いて、紫の上は大ショックです。

十年以上連れ添ってきた夫婦とはいっても、紫の上よりも身分が上の朝顔の姫君と光源氏が結婚したら、紫の上は正妻の座を奪われてしまいます。あまりの辛さのために恨み言を言う余裕もない紫の上ですが、嫉妬するような素振りを光源氏に見せることはなく、じっと耐えていました。

結局、光源氏は朝顔の姫君にフラれてしまい、紫の上は難を逃れるのですが、このころから紫の上の光源氏に対する不信感が募っていきます。紫の上の光源氏への愛のかたちは、つぼみから満開を迎える前に、早くもしぼんでしまいそうです。

紫の上にとって最後の愛の試練、女三の宮の降嫁

光源氏三十五歳の秋、壮大な六条院（126ページ参照）が完成し、紫の上は光源氏と明石の姫君とともに東南の春の町に移り住みました。四季の町の中で一番良い位置を占める「春の町」を与えたのは、光源氏から紫の上への（せめてもの）愛の証でした。

六条院に移り住んで初の正月、娘と離ればなれになって寂しい思いをしていた明石の君をかわいそうに思った光源氏は、新年最初の日を明石の君と一緒に過ごします。それを見送る紫の上は再び嫉妬に駆られるとともに、むなしさを感じます。

月日が流れ、紫の上が養育した明石の姫君が入内することが決まりました。光源氏と紫の上のはからいで、明石の君は付き添い役として姫君とともに宮中に入ることになります。そして、その時初めて紫の上と明石の君は対面しました。

紫の上は、一時は激しく嫉妬した明石の君と会ってみて、その素晴らしさを認め、しこりも消えて打ち解け合います。すでに二人とも三十歳を超え、ものわかる大人の女性になっていました。紫の上の人間としての成長が感じられるシーンです。

その後、紫の上は光源氏のほかの妻たちとも交流を深め、六条院の女主人として今度こそ落ち着けると思っていました。

ところが、またまたとんでもない事件が紫の上を襲います。

なんと朱雀院の娘、女三の宮が光源氏の「正妻」として六条院に降嫁することになったのです。噂では聞いていたものの、まさかそんなことを光源氏が承知するはずはないと信じていた紫の上は、今まで培ってきた夫婦の絆がガラガラと音をたてて崩れていくような気分です。

女三の宮は朱雀院の第三皇女で紫の上の従姉妹にあたります。朱雀院の娘なので、身分はとびきり高く、今まで「正妻格」だった紫の上よりも当然扱いは重くなります。しかも光源氏は四十歳、紫の上は三十二歳なのに対して、女三の宮はまだ十四歳。親子ほどに離れた年の差です。

紫の上は幼い女三の宮に対して、嫉妬したり不安な様子を表に出したりすれば世間の笑いものにされるだろうと思い、必死で気丈に振る舞います。光源氏が女三の宮のところに出かけていくのを見ては悲しみに沈むのですが、そんなそぶりを見せることなく光源氏の世話をし続ける紫の上……。なんといじらしいのでしょう。

出家を果たせない紫の上の哀しき境遇

一方、光源氏のほうはといえば、紫の上の従姉妹（「紫のゆかり」84ページ参照）ということで期待していた女三の宮でしたが、その期待に反して幼さばかりが目立ち、がっかりしてしまいます。紫の上のしっかりした少女時代を知っていた光源氏は、紫の上への愛を再認識し、これまで以上に愛を注ぐようになります。

しかし、紫の上のほうは光源氏への不信感がピークに達しています。長年光源氏の浮気に耐えてきて、ようやく晩年は夫婦で仲良く過ごしていけると思っていたところに、光源氏の裏切りともいえるこの仕打ちです。

紫の上は、わずらわしい生活から脱出し、出家をして残りの人生を仏にささげて静かに暮らしたいと本気で思い、光源氏に何度もお願いします。しかし光源氏は、「生きたまま別れるのだけはイヤだ～！」と言って紫の上の出家を許そうとしません。

この時点で紫の上を出家させてあげていれば、彼女の人生もまた違ったものになっただろうと思うにつけ、作者紫式部の紫の上に対するいじめともいえるひどい仕打ちを感じます。ヒロインゆえの過酷な運命を、紫の上に与え続けるのです。それはまた、この世の「あはれ」を描きたいと思う、一流の小説家としての業《ごう》ともいえるものでした。

紫の上と光源氏との関係はギクシャクしたまま時は流れ、六条院で女性だけのコンサート（女楽《おんながく》）が開かれることになりました。紫の上、明石の君、明石の女御（入内した姫君）、女三の宮たちが、琴《きん》や琵琶《びわ》などで見事な演奏を披露しました（148ページ参照）。

光源氏とその息子・夕霧も拍子を取り、歌なども歌ったりしました。この世のものとは思えないほど、あまりに美しく、あまりにはかない一夜の宴《うたげ》でした。

六条御息所の死霊に取り憑かれて危篤、そして……

しかし絶頂のあとは、絶望が訪れるものです。

女楽の次の日、紫の上が突然倒れてしまい、重体に陥ります。原因不明のまま二か月経っても病状が回復しない紫の上は、六条院から住みなれた二条院へと移されます。光源氏は紫の上につきっきりで看病します。

すると、そこへ出てきたのがあの六条御息所の死霊です。物の怪としては、夕顔、葵の上に続いて三回目の登場です。「光源氏様。この前、私の悪口を言いましたね、うらめしや〜」。

実は六条院での「女楽」のあと、光源氏が紫の上に対して六条御息所のことを語るシーンがあったのです。その時、六条御息所について「重たい人でした」などとついうっかり論評（六条御息所的には悪口に聞こえる）してしまったのです。

それにしても、なんとまあ執念深い六条御息所でしょう。六条御息所の死霊に取り憑かれた紫の上は、一度は危篤にまで陥りましたが、なんとか一命はとりとめ、回復に向かいます。しかし、それ以来病気がちになった紫の上は、出家は許されなかったものの在家のまま受戒《じゅかい》し、仏道修行しながら静かな晩年を迎えます。

紫の上が四十三歳の春、数年にわたって書かせていた法華経《ほけきょう》千部が完成し、その供養をするための「法華経千部供養」が盛大に行われることになりました。二条院での御法会で、紫の上は明石の君や花散里《はなちるさと》にさりげなく死出の旅路に向かうことを告げました。

そして、光源氏と明石の中宮に見守られながら、ついに紫の上は静かに息を引き取りました。光源氏は茫然自失の状態でただ泣き崩れるばかりです。紫の上を失った光源氏は出家の決意を固め、紫の上との思い出の手紙もすべて破り、焼き捨ててしまうのでした。

紫の上の愛のかたちは究極の純粋形？

こうして紫の上の人生をたどってみると、『源氏物語』の中で最大のヒロイン、「理想の女性」と言われるのとは裏腹に、多くの不幸に見舞われています。

たしかに光源氏に最も愛された女性ですが、身分上「正妻」にはなりえず、「準正妻」のままで一生を終えました。しかも光源氏のたび重なる浮気や、晩年には女三の宮の降嫁など、いろいろな心を痛める事件に遭うのです。

そして、おそらく紫式部が彼女に対してもっともいじわるさを発揮したのは、最愛の光源氏との間に子どもを宿さない設定でしょう。紫の上に試練として課されたのは、愛のかたちのもっとも純粋な形であり、子どもという「かすがい」なしに、二人の男女がどこまで愛を貫けるかの実験だったのかもしれません。

そうした苦しみの中で、紫の上が見せる健気さや女性としての賢さ、芯の強さなどが、読む者を引きつけないではおかないのもまた事実です。ただ単純に幸せをつかんだだけの女性ではないところにこそ、ヒロイン紫の上の人間としての深い魅力があるといえるでしょう。

コラム

紫の上に見る紫式部の深い絶望

『源氏物語』には、三角関係はもちろん不倫や不義密通まで描かれています。物語中、最高の愛のかたちともいえる光源氏と紫の上の関係ですら、歪んでいます。

光源氏はまずマザコンの対象として藤壺を愛し、それが成就しないとなると藤壺の代わりに幼い紫の上を見初めます。そして紫の上を自分の理想の妻として人形のように育て上げるのですから、一種のロリコンといえます。

ところが、光源氏にとって最高の愛（マザコン＋ロリコン）の極致であるはずの紫の上を手に入れたのちも、光源氏は次から次へと不倫していくわけですから、紫の上が出家したいと思うのも当然といえば当然でしょう。

こうした恋愛を描いているところから想像するに、紫式部は恋愛に対して相当深く絶望していたと思われます。紫式部は稀代のプレイボーイである光源氏に愛の狩人として多くの恋愛をさせます。しかし、決して満足かつ完全なる愛のかたちを描きません。

光源氏のモデルは藤原道長だと言われることがありますが、道長のそばにいてその私生活を冷静に見つめていた紫式部は、当時の妻問婚《つまどいこん》や政略結婚などによって女性が不安定で辛く苦しい立場に置かれていることも訴えたかったのでしょう。

5 六条御息所《ろくじょうのみやすんどころ》

死んでも光源氏を愛し続けた、高貴な「物の怪」未亡人

東宮妃だったが未亡人となり、光源氏との恋愛ではお荷物扱いされてプライドが傷つけられ、生霊となって夕顔や葵の上を呪い殺す。娘の秋好《あきこのむ》中宮を光源氏に託して世を去る。

光源氏との情熱的な恋愛に溺れる六条御息所

大臣の娘として生まれた六条御息所は、十六歳の時に東宮妃として宮廷に入りましたが、姫君を産んだあと、夫である東宮と死別し、わずか二十歳で未亡人になってしまいます。教養もセンスも兼ね備えた六条御息所は、自分の邸をサロンのようにして風流に暮らしていました。

まだ若く美しい未亡人である六条御息所を狙って、多くの若き貴族たちがそのサロンに集まりました。もちろんこのトップレディの存在を、好き者の光源氏が見逃すはずはありません。猛烈にアタックをかけて、六条御息所を手に入れます。

恋愛全盛期の十七歳の光源氏と、熟れた二十四歳の未亡人六条御息所の恋愛は、情熱的に繰り広げられます。

たとえば、二人が愛し合った翌朝、光源氏が六条御息所のもとを立ち去る時に、六条御息所は起き上がって見送ることができず、頭だけを持ち上げて見送る場面があります。それだけ前の晩の行為が激しかったということでしょう。

未亡人と年下の貴公子光源氏との関係を恥じて、心をなかなか開かなかった六条御息所ですが、次第に光源氏の虜になっていきます。そして、光源氏が逢いに来てくれない日には、「私は七歳も年上の未亡人。世間の人はなんて噂するのかしら、恥ずかしい……。でも、やっぱり光源氏様が恋しい。早く逢いに来て!!」と、悶々と眠れぬ夜を過ごすのです。

生霊と化して光源氏の浮気現場に現れる

ところが、恋の季節を迎えている光源氏は、六条御息所の束縛的な愛に疲れ、従順でかわいい夕顔との逢瀬にのめり込んでいきます。

光源氏が逢いに来ない日は、ひたすら物思いに沈む六条御息所。そのうち、その重々しい気持ちが生霊になって光源氏の浮気現場に飛んでいってしまいます。恋する女の嫉妬とは、本当に恐ろしいものです。

光源氏と夕顔の逢瀬の現場に生霊となって現れた六条御息所は光源氏に訴えかけます。

「私という女がいるのに、こんな何のとりえもない夕顔を大切にするなんて、あまりといえばあまりの仕打ちです!」

そして光源氏の隣に眠る夕顔に襲い掛かって殺してしまうのです。光源氏ならずとも、こんなことって本当にありうるのか……驚きとショックが襲います。夕顔は六条御息所の生霊による被害者第一号となってしまいました。

葵の上との「車争い」に敗れてプライドはズタズタに

六条御息所の物の怪を目《ま》の当たりにした光源氏は、彼女への恐怖心を募らせます。また、夕顔の死のショックも重なって、六条御息所のところへの訪問が次第に減っていきました。時が過ぎ、光源氏の父・桐壺帝が譲位して朱雀帝が即位します。それにともなって新しい斎宮《さいぐう》に六条御息所の娘が任命されました。斎宮とは、伊勢神宮に奉仕した未婚の内親王（皇女）または女王のことです。

普通こういう場合、母親が一緒に伊勢について行くことはありませんが、光源氏への断ち切れない感情に悩んでいた六条御息所にとっては「渡りに船」。この機会を使って都から離れようかしら、と考え始めました。しかし、そんな時に大変な事件が起こりました。

そうです、14～15ページで説明した「車争い」事件です。

もう一度整理しておくと、当時、六条御息所は光源氏との関係に悩みつつも、やっぱり光源氏のことが大好きなのでその晴れ姿を一目でいいから見たいと思い、人に知られないようお忍びで見物に出かけて行きました。かわいい女心です。

一方、正妻の葵の上はこの時妊娠していて気分も良くなかったのですが、周りの女房たちにせがまれて、御禊の行列が始まるぎりぎりの時間に出かけていくのです。

遅れて着いた葵の上の車は良い場所を探すのですが、すでに良い場所は見物の車で埋まっています。でもそこは光源氏の「正妻」ですから、えらそうに他の車たちをよけさせてしまうのです。そして、その中に運悪く六条御息所の乗っている車もありました。

六条御息所の車の従者たちは、「こちらの方（六条御息所）だって、身分は十分に高いんだぞ！　どけなんて失礼だ」と抵抗するのですが、やはり光源氏の「正妻」にはかないません。身分がバレたうえ「愛人」とののしられ、六条御息所の乗っていた車は後ろのほうに押し戻されてしまいます。

しかも、行列に参加している光源氏が通りを通過していく時、自分には気づかないのに、にっくき葵の上に向かっては敬意を払って通っていく様子を目の当たりにします。プライドをズタズタにされた六条御息所は、この事件を知った光源氏がお見舞いに来ても会おうともしませんでした。

そして一人物思いにふけり、悔しさや悲しさ、光源氏への愛憎やらが体中を駆け巡り、ついには気を失って……ふわふわ～、六条御息所は生霊となって飛んでいってしまいます。向かうは、もちろん葵の上のところ。

六条御息所の生霊は、葵の上に乗り移り、光源氏に向かって愛するがゆえの苦悩を打ち明けました。生霊に話しかけられた光源氏は大ショックです。「噂では耳にしていたものの、まさかそんなことが実際はあるわけがないと思っていたのに……」。

六条御息所の生霊の被害者、第二号

さて、自邸で気を失っていた六条御息所がふと我にかえると、髪にも着物にも芥子《けし》の匂いが染み付いていました。芥子は魔よけや悪霊退治の祈祷の際に焚く護摩に入れられるもので、その匂いが髪や着物に付いているということは、自分が物の怪となって退治されようとしたこととの決定的な証拠といえます。

六条御息所は、自覚のないまま生霊となって人を呪い殺す特異体質だったのです。信じたくはないものの、「やっぱり世間の人が噂するように、私の生霊が出歩いているのかしら……」と自責の念に駆られて、ますます思い悩んでしまいます。

結局、葵の上は子どもを産んだあとに死んでしまいます。仮面夫婦だったとはいえ、妊娠発覚後はいい夫婦関係になったと安心していた光源氏は、落胆してほかの女性のところにいく元気もなくなります。

そんな光源氏のもとに、六条御息所から見舞いの手紙が届きます。「さぞかし悲しいことと存じます」みたいな、形式的で白々しいことこの上ない手紙です。六条御息所も光源氏も、それぞれ深いところで傷ついていました。もう二人の関係の修復はほとんど不可能なところにまできていたのです。

六条御息所の愛のかたちは、完璧な愛を求めるがゆえに、嫉妬渦巻く情念に駆られてしまう苦しみを伴っていました。その苦しみが頂点に達した時、生霊となって人を呪い殺す……負の連鎖としか言いようがありません。

光源氏との別れを決意した六条御息所は、斎宮に任命された娘とともに伊勢に下ることを決断しました。それを聞いた光源氏は、彼女の存在の大きさに改めて気がつきます。そして、京中から牛車で三時間もかかるような寂しい場所、嵯峨《さが》野《の》の野宮《ののみや》で身を清めていた六条御息所のところへ駆けつけ、都に留まってほしいと心を込めて説得します。

六条御息所は再び光源氏になびいてしまいそうになりますが、揺れる気持ちを必死で抑え、ついに娘とともに伊勢に下ってしまいます。この野宮での光源氏と六条御息所との涙の別れは、古くから『源氏物語』の名場面と言われています。

娘には手を出さないよう光源氏に釘を刺す

数年が経ち、光源氏が朧月夜との恋愛スキャンダル（91ページ）で須磨・明石に退居していたころ、六条御息所は田舎でわびしく暮らす光源氏に心のこもった手紙を送ります。その内容は優美でたしなみ深く、もうかつての情念渦巻く六条御息所の姿はみじんも感じさせないものでした。

光源氏は、「葵の上の一件さえなければなぁ」と、二人の壊れてしまった関係を惜しみます。六条御息所の愛のかたちは、時を経て落ち着いた大人の愛へと変化したのでした。六条御息所が伊勢に下ってから六年後、娘の伊勢の斎宮の任期が切れ、六条御息所は娘とともに帰京します。帰京後は六条の邸で悠々自適な生活を送っていたのですが、病気になったことをきっかけに、六条御息所は出家をしました。

復権して内大臣にまで昇進していた光源氏が知らせを聞いて見舞いに訪れると、六条御息所は衰弱した状態で、前斎宮である娘の後見を光源氏に依頼します。ただ、光源氏の好き者ぶりに苦しめられた六条御息所は、自分の娘にだけは絶対に手を出さないでほしいと釘を刺します。

このあたり、さすがに長年付き合っただけあって光源氏のことをよくわかっている六条御息所です。そしてその数日後に六条御息所はあっけなく亡くなってしまうのでした。

光源氏は六条御息所の遺言通り、娘である前斎宮の後見役を引き受け、冷泉帝《れいぜいてい》（光源氏と藤壺の子）に入内させます。ただし、この時冷泉帝はまだ十三歳。入内した前斎宮は二十二歳なので、ずいぶんと年上の姉さん女房です。

実は前斎宮を見た光源氏は心が揺らぎました。さすが六条御息所の娘だけあって好みの女性だったのです。しかし、六条御息所の遺言を思い出しては、ぐっと我慢するのでした（笑）。もっとも、もし娘にまで手を出していたら、どうなっていたことやら。六条御息所の死霊が現れ、今度こそ光源氏を……。あな、恐ろしや。

実はこの六条御息所、この世を去ったあとも死霊となって光源氏の愛する女性たちに取り憑いて苦しめました。歪んだ愛のかたちではありますが、光源氏を愛する想いの深さの点では、この六条御息所がナンバーワンと言えるのではないでしょうか。

冷泉帝に入内した六条御息所の娘は「梅壺《うめつぼ》の女御」と呼ばれ、その後「秋好中宮」となって光源氏の壮大な六条院の秋の御殿である「西南の町」に住みました（里下がり時の邸）。この「秋好中宮」の名は、光源氏が「あなたは春と秋のどちらがお好きですか」と尋ねた際、「母・六条御息所が亡くなった秋に惹かれます」と答えたことに由来しています。

コラム

「六条」にまつわる不吉な伝説

『源氏物語』の中で、六条御息所といえばイコール「物の怪」、というイメージが強いのですが、そもそも名前に「六条」と付くあたりからして不吉なのです。

六条御息所の住んでいた場所は、実在の人物であった源融《みなもとのとおる》（八二二～八九五）が作った河原院のあったところです。源融は、光源氏のモデルの一人とも言われている美男子でした。彼は嵯峨天皇の皇子で、左大臣にまでなった人でしたが、時の権力者であった藤《ふじ》原基経《わらのもとつね》に帝になるのを退けられてしまいます。

源融の死後、河原院は息子が相続し、さらに宇多《うだ》上皇に献上されたのですが、宇多上皇が滞在していると、「この屋敷は私のものだ」と主張する源融の亡霊がでてきた、という伝説が『今昔物語集』等に書かれています。それゆえ、「六条」の地は「亡霊スポット」として有名になっていたのです。その意味で、六条御息所はその名前からして物の怪キャラとして描かれるのは仕方のないことなのかもしれません。

それにしても光源氏は、この呪われし六条御息所の敷地を拡充して広大な「六条院」を造営したのですから、なかなか肝っ玉が据わっています。紫式部が、栄華の極みのはずの六条院を単純に幸福の館としなかったのは、こうした理由があったのかもしれません。

6 末摘花《すえつむはな》

流行遅れで不美人でも、どこか憎めない〝天然〟の姫君

没落貴族の娘で不美人。性格も古風で頑固だが、十一年間律儀に光源氏を待ち続けた結果、二条東院に引き取られる。どこか憎めない超トンチンカンな女性。

女性関係に悩む光源氏に新しい恋の予感？

十八歳になった光源氏の女性関係は、あまり順調とは言えませんでした。相変わらず夫婦仲がうまくいかない葵の上、義母ゆえに手の出しようがない藤壺、そして嫉妬深い六条御息所に、つれない人妻・空蟬……、あっちでもこっちでも気を遣わなければならない女性たちばかりで、光源氏は前年急死した夕顔を懐かしんでいました。

「夕顔ちゃんのように魅力的な女性にまた出会いたいなぁ」と、光源氏は思います。そんな時に出会ったのが末摘花です。『源氏物語』の中で「不美人」とはっきりわかる描写がなされているのは、この末摘花と花散里と空蟬の三人。中でも末摘花はとびきりの不美人として描かれています。彼女と光源氏のお話はとてもユニークな恋愛物語です。

ある日のこと、仲良しの命婦《みょうぶ》※から故常陸の宮の姫君の存在を聞き出した光源氏は、早速この姫君に興味を示します。命婦が言うことには、この姫君は故常陸の宮が晩年にもうけた娘で、とっても大切に育てられた深窓の姫君。身分は高いのですが、常陸の宮が亡くなったあとは、頼る人もなく寂しく暮らしているようなのです。

新しい恋を求めていた光源氏は、「待ってました！」とばかりに、この姫君のことを命婦から熱心に聞き出します。命婦は「よく存じ上げませんが、琴がお好きなようですよ」と、光源氏の興味をそそるように話します。色好みの光源氏としては、「これは行くしかないでしょう!!」と大張り切りです。

※仲良しの命婦……光源氏が重んじていた「左衛門の乳母」の娘。色好みで有名だった。

まだ見ぬ深窓の令嬢・末摘花の争奪戦

十六夜《いざよい》の月が美しい日、光源氏は命婦に案内させて末摘花邸に忍び込みます。「琴を弾いてくれるよう姫君に頼んで来い」なんてことを命婦に命じ、光源氏はワクワクドキドキ、期待に胸をふくらませて待っていました。

命婦のほうは、光源氏をがっかりさせてはまずいと思い、実は演奏の上手ではない末摘花が琴を弾き始めるとすぐに適当にごまかし、弾くのを止めさせます（笑）。そうとは知らない光源氏のほうは、かすかに聞こえる琴の音色にますます興味をかきたてられます。

「今日のところはこのくらいで帰ろう」と、光源氏が引き上げて邸を出ての帰り道、なんと頭の中将にお忍び姿を見つけられてしまいます。先程まで宮中で光源氏と一緒にいた頭の中将は、光源氏がコソコソと出かけていくのを見て、「きっと何かあるな」と思ってあとを付けてきていたのです。

頭の中将は義弟の光源氏を何かとライバル視していました。新しい女性を独り占めすることを許せないと思った頭の中将が、まだ見ぬ深窓の令嬢争奪戦に参戦してきます。

二人は競うように末摘花に手紙を送りました。しかし、二人ともいっこうに末摘花から返事がもらえません。光源氏は、「返事をくれないなんてひどい人だなぁ。本当にあの姫様は素晴らしい人なんだろうか……?」とちょっと不審がるのですが、頭の中将に負けるのもシャクなので、なんとなく諦め切れません。

やっとのことで末摘花と契りを結んだものの……

業を煮やした光源氏は、「とにかく早くお膳立てをして!!」と命婦を責め立てます。そのかいあって、やっと命婦の案内で末摘花とふすま越しに対面することができました。しかし、話しかけてもろくに返事がないので、「なんだか変だな～」とは思ったものの、ともかくここは行動あるのみ。

無事ベッドインを済ませてめでたしめでたし……ん、やっぱり何か変?

暗闇の中で触れた末摘花は、どうも抱き心地がよくありません。このぎこちなさはもしかして初体験？　奥ゆかしさを通り越して世間知らずともいえる末摘花の様子に、光源氏はがっかりして早々に帰ってしまいます。

当時、男女が結ばれると男性は夜が明ける前に帰宅し、「後朝《きぬぎぬ》の文《ふみ》」と呼ばれる手紙を送ります。気に入った相手にはなるべく早めに送るのがベター……なのですが、光源氏は気が進まず、夕方になってようやく手紙を送ります。

一方、それをもらった末摘花は、「早くお返事したほうがいいですよ！」と女房たちに責め立てられます。末摘花が光源氏とうまくいかないと、落ちぶれた常陸の宮家を再興できず、ひいては自分たちの生活も立ち行かなくなるので、女房たちはもう必死です。

末摘花はようやく返歌をするのですが、歌は古めかしく風情のないもので、紙まで古ぼけていました。それを前にした光源氏は手紙を読む気もなくなり、一度は放り捨ててしまうのですが、それでも「やっぱりこんな不器用な女性は僕しか世話する人はいないだろうなぁ」と思うのでした。

これほどの不美人は見捨てておけない!?

その後、なにかと忙しくなった光源氏は、すっかり末摘花邸から足が遠のいていましたが、「久しぶりに会ったら、何か印象も変わるかもしれないな」と再び期待をして訪れます。しかし、雪の降る日に訪れた末摘花は相変わらず愛嬌《あいきょう》がありません。

翌朝、あたりが一面の銀世界になっているのを見た光源氏は、格子を上げて外の雪景色を一緒に見ようと末摘花を誘い出します。

そしてついに！　光源氏は末摘花のあまりに醜い容貌を目の当たりにしてしまいます。まず座高が高く、胴長。さらに驚いたのは末摘花の鼻です。まるで象の鼻のように長く、先が垂れて赤くなっています。顔色は青白くて額が広く、顔も長い。痩せていて骨ばっている。おまけに着ている物までダサイ……。

光源氏はこれを横目で見るのですが、違う意味で目が釘付けになってしまいます。ただ、髪だけは見るからに美しく、黒くフサフサなのがせめてもの救いでした。

落胆した帰り道で、光源氏は意外な決意をします。「世間並みの器量ならこのまま忘れてしまうのだろうが、末摘花の醜さを見たあとではかえってかわいそうに思えてくる。しかも貧乏で生活にも困っているようだ。このまま見捨てておくことはできない」と、色恋抜きで末摘花の面倒をみようと決心するのでした。モテ男の余裕でしょうか。

うっかり存在を忘れられてしまった悲劇

正月になって末摘花のほうから光源氏のところに、和歌とともに正月用の晴れ着が贈られて来ました。しかし、和歌は意味不明で着物もセンスが感じられない代物でした。これを見た光源氏は、気の毒やらおかしいやらで苦笑するしかありません。それでもちゃんと光源氏はお返しの着物（こちらはセンス抜群）を贈ってあげるのでした。

そんな優しい一面を見せる光源氏ですが、ひどいこともします。

二条院に引き取った紫の上が絵を描いて遊んでいると、光源氏は自分の鼻を紅く塗って「私がこんな紅い鼻だったらどうする～?」とふざけるのです。これはかなりの悪趣味です。末摘花がこれを知ったら……。実は「末摘花」は「紅花」の別名、つまり赤い花です。「赤い鼻」と「赤い花」を掛けて末摘花と呼ばれるようになったのですね。

その後、朧月夜との一件で須磨・明石を流浪することになった光源氏は、京を離れる前に愛人たちへの経済的支援をする手続きをするのですが、末摘花のことはうっかり忘れてしまいました。それまで光源氏の世話でなんとか生活していた末摘花は、光源氏が京を去ったあと、たちまち困窮の底に沈んでしまいます。「うっかり忘れる」なんてひどい話です。

光源氏を待つこと十一年、信じる者は勝つ？

それから何年かが経ち、明石から帰京したはずの光源氏から何の音沙汰もないことに末摘花は落ち込みます。邸に仕える人も落魄《らくはく》していく末摘花のもとから日に日に去って行き、ついには末摘花の叔母《おば》のさしがねで一人ぼっちになってしまいました。

この叔母は常陸の宮一族に恨みを持っていて、貧乏どん底の末摘花を自分の召使いにしてしまおうと企みました。しかし、落ちぶれていても頑固な末摘花が取り合わないことに腹をたてた叔母は、「いくら待ったって、あんたの王子様（光源氏）は来ないわよ」とあざ笑い、末摘花の召使いたちを誘い出して九州に下っていったのです。

それでも古風な性格の末摘花は、「父母の思い出が残る住まいだから」と一人になっても必死に邸を守っていました。

光源氏に放っておかれること十一年。光源氏が花散里を訪ねる道すがら、末摘花の邸の前を通りかかった時、ようやく彼女のことを思い出し、末摘花邸を訪れました。

狐の棲家になり、ふくろうが鳴く……荒れ果てた不気味さ漂う邸の中で、ちょうど亡き父のことを思い出して物思いに沈んでいた末摘花は、光源氏の突然の訪問に戸惑いつつも、光源氏を信じて待っていた甲斐があったと素直に喜びます。

普通だったら、十一年も放っておかれたら恨み言の一つも言うところですが、末摘花はそんなことは言わないどころか、思いもしていなかったのです。ただひたすら光源氏が来て下さることを、信じて待っていたのです。「天然」の女性の魅力を感じてしまいます。

光源氏は謝ると同時に健気な態度を見せる末摘花をいじらしく思い、以前とは違う愛情を感じます。かつては古風で内気すぎると思っていたその性格も、今では遠慮がちな奥ゆかしさと感じられるようになりました。光源氏は彼女の誠実な真心を愛し、また彼女の貧しい境遇に同情しました。光源氏も成長して、大人になったものです。

末摘花の愛のかたちは、相手のことを信じて待ち続ける強さにありました。光源氏はその愛にこたえるために、邸を修繕したり世話をしたりし、その後は二条東院に引き取って晩年にいたるまで温かく庇護《ひご》するのでした。

でも、そこはやっぱり二条東院なのですね。光源氏が自邸二条院を増築した二条東院には、空蝉、末摘花、花散里という不美人な女性が住み、六条院には紫の上や明石の君など、美人が揃い踏みです。どうも光源氏は美人と不美人とを区別しているような……。

コラム

美人・不美人の館

光源氏が栄華を極めてから屋敷に迎えたのは、次の六人です。
○六条院……「女三の宮」「紫の上」「※花散里」「明石の君」
○二条東院……「末摘花」「空蝉」「※花散里」
※「花散里」は夕霧の養母役として六条院に住むが、元々は二条東院の人。

これを見て、何かピンときませんか？　六条院は妻の屋敷で二条東院は愛人の屋敷？　それも当たっていますが、もう一つのポイントは前ページにも書いたように、六条院には「美人」を配し、二条東院には「不美人」を配したのではないかということです。

『源氏物語』の中で、もっとも不美人で有名なのは「末摘花」ですが、「空蝉」も小柄で痩せぎす、「花散里」も夕霧の目に器量がよくないと映る程度の容姿に過ぎません。

しかし、「末摘花」「空蝉」「花散里」の三人に共通するのは、心の美しさです。

それぞれにタイプは違いますが、いずれも光源氏を深く愛し、物語の要所要所でその存在感を示します。美女ばかりを登場させず、こうした不美人を描ききるあたりにも、紫式部の人間洞察の鋭さが出ているように思います。

7 藤壺《ふじつぼ》

「輝く日の宮」と称された、光源氏の永遠の想い人

亡き桐壺の更衣に瓜二つということで桐壺帝の中宮となる。光源氏と不義密通し冷泉帝を産んだが、光源氏を遠ざけ出家する。以後は光源氏と協力して冷泉帝の後見をする。

光源氏の最高の想い人は紫の上ではなかった？

『源氏物語』の中で、藤壺は「輝く日の宮※」と称され、光源氏の「光る君」と並び称されるほどの特別な存在です。それは光源氏の最大の想い人は、紫の上ではなく、藤壺だったからです。

しかし、桐壺帝にとっても藤壺は最愛の妻でした。藤壺は夫と義理の息子との間に立たされ、三角関係の中で苦悩する人生を送ることになるのです。

まずは桐壺帝が藤壺に出会うところから物語を始めていきましょう。

『源氏物語』の冒頭は、桐壺帝が桐壺の更衣を寵愛するところから始まります。桐壺帝があまりに桐壺の更衣ばかりを寵愛するため、右大臣の娘・弘徽殿の女御をはじめ、他の女御・更衣（195ページ参照）たちの恨みを買ってしまいます。

身分の低い桐壺の更衣は強力な後ろ盾がなく、光源氏を出産したあと、いじめによる心労が原因で亡くなってしまいました。それは光源氏がまだ三歳の時でした。

最愛の人を失った桐壺帝は、落ち込んで政治もおろそかにするほどでした。しかし、亡き桐壺の更衣によく似た女性（「藤壺」）がいることを聞き、彼女を女御として迎え入れて寵愛するようになります。

桐壺の更衣とちがって、藤壺は先帝の第四皇女という高い身分ですから、他の女御たちにいじめられることはありません。桐壺帝は誰はばかることなく彼女を寵愛することができました。

元服前の少年だった光源氏も、亡き母によく似ている藤壺を慕うようになります。義理の母といっても五歳しか年の差はないので、十一歳の光源氏にとって十六歳の藤壺は、母親というよりもキレイなお姉さんです。光源氏が成長するにつれて、藤壺への憧れが恋心に発展していくのは自然な流れといえるでしょう。

光源氏が十二歳で元服すると、四歳年上の葵の上と政略結婚させられました。妻となった葵の上は左大臣の娘として大切に育てられたため、プライドが高く、とりすましていて光源氏に打ち解ける様子がありませんでした。

光源氏は藤壺の素晴らしさを再認識し、一人の女性として深く愛するようになりました。しかし藤壺は義母です。禁断の愛です。コトを起こしてはいけませんよ～。

※輝く日の宮……失われてしまったとされる帖の巻名でもある。「光源氏と藤壺が最初に関係した場面」などが書かれていたのではないかとの説があるが、真偽は不明。

義理の息子・光源氏に愛され、身ごもる

さて元服後の光源氏は、ルール上、藤壺の部屋への出入りは禁止です。会いたくても顔すら見られないので、恋心は募るばかり。しかし光源氏十八歳の時、藤壺が病気で里へ下がることがありました。これを聞いた光源氏は、「このチャンスを逃したら、藤壺様にお逢いできることは二度とないだろう」と判断して強引に藤壺にアタックをかけます。

なんと、藤壺もそれを受け入れてしまいました。

夢のような一夜を過ごした光源氏と藤壺。しかし、血はつながっていないとはいえ二人は親子です。一夫多妻制の平安時代でも、親子間の不義密通は罪になるため、二人は「禁忌＝タブー」を犯してしまったのです。禁断の恋……。のみならず、紫式部が二人に用意した運命はさらに過酷でした。

藤壺は光源氏の子どもを身ごもってしまったのです。一度の過ちが、藤壺の運命を大きく変えることになりました。

あまりのことに藤壺は大ショックです。しばらくして宮廷に戻った藤壺は、物の怪のために報告が遅れたことにして、懐妊を桐壺帝に知らせます。何も知らない桐壺帝は自分の

子どもだと信じて大喜びし、藤壺にますます愛を注ぐようになります。しかし、藤壺のほうは喜ぶ桐壺帝とは裏腹に、ただただ罪悪感と秘密がバレるかもしれない恐怖に悩み苦しむ生活を送るのでした。

一方の光源氏は、藤壺の懐妊を聞きつけるに及んでますます藤壺への想いを募らせ、再び迫ります。しかし、それは藤壺を困らせ、哀しませるだけでした。

光源氏はまだ十八歳ということもあり、若く世間知らずな坊ちゃんに過ぎません。藤壺とてまだ二十三歳ですが、彼女は光源氏との子を妊娠した現実を重く受け止め、自分の置かれている立場の困難さを認識し、真剣に考える大人の女性でした。

桐壺帝に不義密通がバレないか、ビクビク

その年の十月に桐壺帝の行幸《ぎょうこう》（天皇が宮中から外出すること）が行われることになり、それに先立って、懐妊中でその行列を見物できない藤壺を慰めるために、桐壺帝は清涼《せいりょう》殿《でん》※の前庭で紅葉の賀の試楽（舞楽の予行演習）を開催します。

このイベントのクライマックスで、光源氏と頭の中将は雅楽の「青海波《せいがいは》」という曲に合わせて舞を披露しました。鳥甲《とりかぶと》をかぶった二人が剣を腰に帯びて舞う姿はこの世のものと

も思えない素晴らしいものでした。特に、光源氏の気品漂う舞い姿は夕日に映えて人々の注目を一身に集めるものでした。

これを見ていた藤壺は、光源氏のあまりの美しさに感動しつつ、「あの夜の過失さえなかったら……」と哀しい目で光源氏を見つめるのでした。

行幸当日、紅葉をかざして舞う光源氏の「青海波」は改めて絶賛を博し、これによってその日のうちに従三位《じゅさんみ》から正三位《しょうさんみ》に昇進したほどでした。

翌年二月、藤壺と光源氏の不義の子が生まれます。出産予定は前年の十二月のはずだったので、桐壺帝は「なかなか生まれないな～」とヤキモキするやら心配するやらで大変でした。実は、光源氏の子であることを隠すため、藤壺が出産予定日を偽って報告していたのです。ということで、本来の出産予定日である二月の十日過ぎに、玉のような皇子が無事生まれました。これがのちの冷泉帝です。

何も知らない桐壺帝は、かわいい若宮の誕生に大喜びですが、藤壺も光源氏も帝に本当のことがバレるのではないかとビクビクものです。

※清涼殿……帝の日常生活の場所。政治の場である紫宸殿《ししんでん》の北西にある。公的な行事も行われた。

右大臣一派の台頭に、藤壺と息子は大ピンチ

ある時、若宮を抱いた桐壺帝が光源氏に向かって、「皇子たちはたくさんいるが、この子は本当にお前によく似ているね。小さいころはみんなこんなものだろうかね」と話しかけてきました。これを聞いた光源氏は真っ青になり、そばで聞いていた藤壺もいたたまれない思いで、冷や汗タラタラです。

七月になり、桐壺帝は自分が譲位したあとに藤壺の子どもを東宮とするために、弘徽殿の女御を越えて、藤壺を「中宮※」にします。これには弘徽殿の女御も黙っていません。「私のほうが先に中宮になるべきはずですわ!」と怒り、藤壺への嫌がらせが始まります。

生まれてきた我が子を守るために、藤壺は弘徽殿の女御たちと戦うことを決意しますが、事態は悪化するばかりでした。

やがて桐壺帝が譲位して桐壺院になると、次の帝には弘徽殿の女御の息子が即位しました。朱雀帝です。息子が即位するのに合わせて弘徽殿の女御は「大后《おおきさき》」となりました。形勢はどんどん右大臣方に傾いていきます。

朱雀帝の御世になると、右大臣と弘徽殿の大后一派の天下になり、彼らは横暴を極めま

した。しかし、光源氏はそんなことはどこ吹く風。あくまで自己チューぶりを発揮して、藤壺の寝所に忍び込み、恋慕の情を訴えてきます。藤壺は衝撃のあまり失神しました。

藤壺の中宮が二十八歳、息子の東宮が五歳の時に、頼みの桐壺院が崩御してしまいました。桐壺院亡きあと、藤壺の中宮としては、息子（東宮）のことを考えると光源氏を頼るしかなく、かといって光源氏との恋愛はわずらわしいばかり。そもそも色恋沙汰などにふけっているような甘い状況ではありません。

※中宮……天皇の正妻として皇后と並立する。それに次ぐのは女御、そして更衣。

我が子を守るために出家を覚悟する藤壺

八方ふさがりの中、藤壺の中宮は人生最大のピンチ。まさに思案のしどころです。

ここで下した藤壺の中宮の決断とは、「こうなったら出家するしかないわ！」という思い切りのよいものでした。出家した女性には、さすがの光源氏も手を出せません。聡明な藤壺の中宮らしい考え方です。また、出家することで右大臣一派の攻撃をかわすこともできます。まさに身を挺《てい》して子どもを守る母の愛です。

桐壺院の一周忌の法要後の法華八講《ほっけはっこう》の日※、ついに藤壺の中宮は出家してしまいました。二十九歳の時のことでした。これを聞いた光源氏はびっくり仰天です。

思い切った藤壺の出家により、ついに彼女を追うことを諦めた光源氏は、東宮の庇護者に徹する決意を固めます。かつて藤壺が懐妊した時占い師に言われた※、「光源氏の子が将来帝になる」という予言は、この東宮のことを指しているにちがいない。だったら、この東宮をしっかりお守りして帝になっていただこう……光源氏はそう考えました。こうして藤壺の思惑通りにコトが運びます。

このあと、光源氏が朧月夜との一件で失脚して不遇の時代を迎えますが、出家した藤壺は弘徽殿の大后ら右大臣一派が威張りちらす中、一人で東宮を守り抜くのでした。

やがて光源氏が明石から帰京すると、朱雀帝が譲位し、東宮が冷泉帝として即位しました。ついに藤壺は帝の母、「国母《こくも》」となったのです。長い長い道のりでした。

もちろん今まで政界から干されていた左大臣派も一斉に返り咲きです。光源氏は左右大臣に次ぐ地位である内大臣に、頭の中将は権中納言《ごんちゅうなごん》※に昇進し、一度は職を辞した元左大臣も政界に復帰します。一方、右大臣一派のほうは、右大臣はすでにこの世になく、弘徽殿の大后は没落の一途《いっと》。あまりの没落ぶりに、光源氏は同情する余裕すら生まれます。

※法華八講の日……四日間に八人の講師により読経《どきょう》・供養する大規模な法会。
※占い師に言われた……藤壺の妊娠がわかったあと占ってもらった結果、光源氏の子どもが「将来、帝、中宮、太政大臣《だじょうだいじん》になる」と予言された。

帝……冷泉帝（藤壺との不義の子）。
中宮……明石の中宮（明石の君との子）。
太政大臣……夕霧（葵の上との子）。

※権中納言……ここでは中納言に準ずる役職。内大臣より二ランク下。

藤壺の愛のかたちは「女性としての強さと決断力」

時は流れ、藤壺は三十七歳になりました。その年は天地異変が多く、藤壺も体調を崩して病気になります。光源氏はできる限り手を尽くしましたが、藤壺はそのまま回復することなく、ともし火が消え入るように息を引き取りました。

藤壺が最後の力を振り絞って光源氏に告げた言葉は、感謝の気持ちでした。これには、光源氏も悲しさに耐えかねて号泣します。藤壺への深く切ない思慕の情をもう伝えることはできません。

藤壺は慈愛深い人柄で、多くの人から親しまれていました。ですから、藤壺の死を惜しみ、悲しまない者はありませんでした。葬儀を行っている間、みな声を上げて泣き悲しみ、宮中は喪服の黒一色に染まりました。

藤壺の死後、光源氏は心にぽっかりと穴が開いたような大きな悲しみに襲われ、藤壺のことを思い出しては泣いてばかりいました。光源氏にとっての藤壺は、最初は亡き母・桐壺の更衣の身代わりとしての存在でした。しかし、長い年月を経て藤壺を愛し続けることにおいて、その存在は理想化され、「永遠の想い人」に高められていきます。

一方の藤壺本人は、光源氏との不義の子を宿し、産み育てていく中で、少女から大人の女性、そして母へと変身し、出家したのちには政治的手腕さえ発揮していくのです。

藤壺の愛のかたちとは、成長していく女性としての強さと決断力であり、『源氏物語』に出てくる女性の中でも凛とした最高の気品を感じさせるものです。紫式部が彼女に「藤」の名を与えたのも、最も高貴な色「紫」を意識していたからに違いありません。

しかし、藤壺の人生は決して幸せなものとは言えませんでした。その証拠に、死後光源氏の夢の中に現れ、今も苦しい目に遭っていることを訴えて恨みました。光源氏は心の中で阿弥陀仏を唱えて藤壺の成仏を祈るばかりでした。

コラム

『源氏物語』全編を貫く主題「紫のゆかり」

光源氏の多くの女性遍歴は、義母・藤壺に恋をしてしまったことから始まったといっても過言ではないでしょう。そして、その想いのかなわぬまま、光源氏は藤壺の姪である幼い少女「紫の上」を発見します。

光源氏はこの少女への想いを歌に託して詠みました。「手に摘みて いつしかも見む 紫の根に通ひける 野辺の若草（＝この手で摘んで早く我がものにしたいものだ、紫草の根にゆかりのある野辺の若草を）」。

この歌に出てくる「紫（＝藤色）」は「藤壺」のことであり、「若草」は「少女」のことを意味しています。藤壺を高貴な色である「紫」で表すとともに、出会った少女がその「ゆかり（根＝血縁関係）」であることを意味した歌を詠んだのです。

光源氏にとって、藤壺は母の身代わりを超えて理想化され、さらにそれを投影した存在として紫の上がいる、という図式になっています。四十歳になった光源氏に降嫁してくる女三の宮も、実は「紫のゆかり」の人です。

こうしてみると、「紫のゆかり」が意味するものは、光源氏の壮大な愛の物語、つまり『源氏物語』全体であり、全編を貫いた主題でもあるといえるのです。

8 源典侍《げんのないしのすけ》

何歳になっても恋にトキメク永遠の乙女

家柄・教養等、高級女官（典侍《ないしのすけ》）として申し分のない女性だが、年に似合わぬ色好みで有名。ひょんなことから光源氏と頭の中将とで源典侍の奪い合いになる。

五十七歳、老いてますます盛んな源典侍

『源氏物語』の中で、とてもユーモラスな恋愛が描かれるシーンがあります。それは光源氏と頭の中将がまだ若き貴公子だった時、五十七歳のおバアちゃん・源典侍《げんのないしのすけ》※を奪い合うシーンです。

源典侍はその名の通り皇族に連なる名家・源氏の出身で、帝の信頼も厚い高級女官。琵琶を得意とし、知性・教養等も兼ね備えていたので若いころはモテモテ……だったのですが、光源氏と出会った時はすでに五十七歳。

当時は四十歳を過ぎればおバアちゃんとみなされていたので、「とうが立つ」年齢すらとっくに超えちゃっています。しかし、本人的には「私はまだまだ現役よ」と意気盛んです。その頃、光源氏は十九歳、頭の中将は二十五歳、この二人の若き貴公子のことを源典侍は本気で狙っていました。

※典侍……後宮の事務を務めた十二の役所のうちの一つ「内侍司《ないしのつかさ》」の次官だが、実質的には最上位。天皇に近侍し、天皇が別殿に渡御《とぎょ》する際には剣璽《けんじ》を捧持《ほうじ》する職掌。

年の差三十八歳のカップル誕生!?

ある時、源典侍と光源氏が二人っきりになるシチュエーションが訪れました。源典侍は派手な服装をし、優美に、いや色っぽく振る舞っています。それを見た光源氏は、「年に似合わず、若作りをするものだなぁ」とは思うものの、悪戯心が起きて、源典侍の着物の裾を引いてしまいました。

これがいけなかった(笑)。

源典侍は「チャンス!!」とばかりに真っ赤な扇を光源氏に渡します。そこには「歳を取ったら誰も相手にしてくれません。寂しいことです」と嘆く歌が書かれていました。ちなみに源典侍は、この意味深な歌を書いた真っ赤な扇を常に持ち歩いていました。

光源氏は、「そんなことはありませんよ」と社交辞令を言ってその場から逃げようとしたのですが、そうは問屋が卸しません。源典侍は涙を流しながら光源氏の袖を引っ張って引き留めます。その場から逃げたい一心の光源氏は、「近いうちにまた必ず参りますから」と心にもない約束をしてしまいます。

これをこっそり陰から見ていたのが光源氏の父・桐壺帝です。不釣り合いなカップルだなぁと思って源典侍をからかってみたものの、源典侍は自信満々です。それどころか二人の仲をまわりに吹聴してしまったのだから、さあ大変。「年の差三十八歳。光源氏と源典侍のカップル誕生!!」の噂が一瞬にして宮中に流れたのでした。

この噂を聞いて一番驚いたのはライバル頭の中将です。

「光源氏の恋愛沙汰は、どんなことでも一番知っているはずの自分に知らないことがあったとは。してやられた!!」と焦ります。「それにしてもあんなおバアちゃんとねぇ……」とは思うものの、光源氏に負けるわけにはいかないとばかり、頭の中将も源典侍に言い寄って情人になってしまいました。このあたりの速度と実行力、さすがです。

さて、思わぬ形でモテモテになった源典侍でしたが、肝心の光源氏の訪れは一向になく、一人寂しい思いをしていました。光源氏としては、源典侍との関係はあくまで冗談半分なので仕方ないところですが、ちょっと源典侍に同情してしまいます。

光源氏と頭の中将、ライバル二人の争奪戦

ある日、源典侍が「あ~私の本当に愛する人は光源氏様ただお一人なのに……」という気持ちを美声に乗せながら得意の琵琶を弾いていました。すると、それをたまたま聴いた

光源氏がかわいそうに思って源典侍の部屋を訪れ、二人は久しぶりに一緒の時間を過ごしていました。

そこに現れたのが頭の中将です。「光源氏の浮気の現場を押さえてやれ!!」とばかり、二人が寝ている部屋に突然踏み込みました。なにせ頭の中将は光源氏の正妻・葵の上の兄ですから、義弟の浮気は許さないぞ、という権利はあるわけです。

しかし本音のところは、自分の知らないところで光源氏が良い女と恋愛するのが許せないライバル心から出た行動です。頭の中将は冗談半分に太刀を引き抜いて二人を脅しましたが、源典侍がおろおろして気をもんでいる様子を見て、思わず吹き出してしまいます(その時の源典侍の姿は、意外にも「上品な有様で華奢な体つき」と描写されています)。

一方の光源氏は、証拠を隠滅してすぐさま逃げ出そうとしますが、相手が頭の中将だとわかると「冗談はやめてよ義兄《にい》さん、直衣《のうし》(着物)くらい着させてくれよ〜」と懇願しました。しかし、頭の中将は許してくれません。

そこで光源氏は、頭の中将の着物を脱がせる反撃に出て、くんずほぐれつ、結果として二人とも着衣は乱れ、だらしない格好で源典侍の部屋から退出するハメに陥ったのでした。仲が良いのやら悪いのやら……。

「青春の一コマ」にて源典侍争奪戦は終了？

翌朝、源典侍は光源氏が部屋に残していった着物や帯を届けさせるとともに、昨夜の事件を恨む歌を贈りました。光源氏は「やれやれ」と思いながら見ると、届けられた帯は頭の中将のものでした。それを頭の中将に送ると、頭の中将からはちぎられた光源氏の袖が送られてきました（笑）。まさに喧嘩両成敗です。

その後、殿上で出会った二人は目と目を合わせても真面目な顔を崩しませんでしたが、心の中ではおかしくてたまりません。二人だけになると頭の中将が何度もこの話を出してからかうので、そのたびに光源氏は苦笑いするしかありませんでした。

なお、源典侍はこの事件にも懲りずに言い寄り続けましたが、光源氏も頭の中将も青春の一コマとして「いい勉強になりました」とばかり、源典侍との関係は卒業したのでした。

その後、源典侍は最終的に七十歳前後まで長生きし、「朝顔」の巻で再登場した時には、尼となっていました。すでに多くの愛する人を亡くしていた光源氏は、「良い人ほど早死にして、そうではない人ほど長生きすることよ」と嘆いたのでした。源典侍の愛のかたちは、老いてますます盛ん。「恋愛に年齢は関係ないのよ!!」（源典侍談）。

9 朧月夜《おぼろづきよ》

奔放な愛で光源氏の運命を変えた、政敵・右大臣の娘

光源氏の政敵・右大臣の娘であり、弘徽殿の女御の妹だが光源氏と恋に落ち、密会が発覚して光源氏は須磨へと退居する。晩年は夫・朱雀院の愛に気づき、あとを追って出家する。

光源氏と朧月夜は日本版『ロミオとジュリエット』

朧月夜は右大臣の六番目の娘（六《ろく》の君《きみ》）で、弘徽殿の女御の妹にあたります。弘徽殿の女御は光源氏の母・桐壺の更衣をいじめて死に追いやった張本人。光源氏としては許せない相手でした。なのに、その妹である朧月夜と恋愛するなんて光源氏はいったい何を考えているのでしょうか。

しかも、二人の恋愛は個人のレベルを超えて右大臣家と左大臣家の争い、まさに日本版『ロミオとジュリエット』です。しかし、『ロミオとジュリエット』がたった五日間の恋の物語だったのに対して、右大臣の六の君・朧月夜と左大臣の娘婿・光源氏との恋愛は、足掛け二十年以上にも及ぶ長いものでした。その恋愛には、さまざまなドラマが待ち受けていました。

まずは二人の出会いから見ていきましょう。

光源氏が二十歳の春、満開の桜のもと、宮中で「花の宴（桜の花見の宴）」が行われました。舞に詩にと大活躍した光源氏は、夜になって藤壺の局《つぼね》※のあたりをさまよい歩きます。宴の酔いを醒ますためでしたが、それはあくまで口実で、本当は宴に乗じて想い人の藤壺に会おうという魂胆です。

しかし、藤壺はそれを警戒してか、戸を全部固く閉ざしていました。

「ざんね～ん」……なんとなく物足りない光源氏は、酔った勢いで大胆にも政敵である弘徽殿の女御の屋敷のほうにまで足を延ばします。

するとそこへ若く美しい女性が現れ、「朧月夜に似るものぞなき～」と古い歌を口ずさみながら光源氏のほうへと優雅に歩いてきました。印象的かつ大胆に登場したこの女性こそ、右大臣の六の君・朧月夜でした。

花の宴のあと、ホロ酔い気分でいる時に美しい女性の登場、そのうえこの日は美しい朧月夜。なんて魅惑的な夜なのでしょう。恋の舞台はすべて整っていました。

その女性の風流な感じが気に入った光源氏は、サッとその女性の袖をとらえます。そして「僕は何をしても許される身だから、人を呼んでも無駄だよ」と耳元でささやきました。光源氏でないと言えないキザな台詞ですね。

女性は一瞬抵抗したものの、その声から相手が光源氏だとわかると、大人しく従います。二人は奥の部屋に入り、春の甘美な一夜を共にしました。これが、光源氏と朧月夜とのロマンチックな出会いです。

夜が明ける前、二人は扇を交換してさりげなく別れたのですが、女性の正体は不明のまま。光源氏はこの女性がいったい誰なのか、気になって仕方がありません。

※局……「局」とは宮中での上級の女官や女房の居所にあてた部屋。転じて上級の女官や女房の尊敬語としても使われる。

危険な恋ほど燃え上がる。身も心も捧げていく朧月夜

ほどなくして、光源氏は右大臣邸で行われた「藤の宴」に招かれます。あの女性の正体を知るチャンスです。そこで光源氏は酔っ払って苦しくなったふりをし、それとなく席を立って女房たちの寝室に忍び込みます。

そして御簾《みす》の向こうにいる女房たちに向かって、「先日、僕は扇を取られてしまいました」と言ってかまをかけてみると、几帳《きちょう》（移動式ついたて）の向こうから「変な方ですわね」と事情の知らない人の声がすると同時に、何度もため息をつく女性の気配を感じました。

光源氏は、ため息をついている女性のところへ行き、思い切って几帳越しに手をとって声をかけます。返ってきた声はまさしくあの夜に出会った女性、朧月夜でした。

「やった〜、ついに見つけたぞ!!」。嬉しそうな光源氏の声が聞こえてきそうな場面です。

その後、光源氏は朧月夜と逢瀬を重ねるのですが、朧月夜は右大臣の六の君で、弘徽殿の女御の息子である東宮に入内が決まっている女性であることが判明します。これはかなり危険な恋です。敵対する右大臣の娘であり、しかも異母兄（東宮）の婚約者……しかし、そうわかってからも光源氏は朧月夜との秘密の恋愛にのめりこんでいきます。

一方、朧月夜のほうも光源氏の魅力の虜になっていきます。そもそも東宮との政略結婚に対して乗り気ではなく、「父（右大臣）や姉（弘徽殿の女御）の出世の道具として使われるなんてまっぴらごめんだわ」、そう朧月夜は考えていました。

与えられた運命に反発するように、朧月夜は光源氏への愛に身も心も捧げていきます。光源氏と出会ったその日に契りを結ぶという大胆なスタートを切った朧月夜は、その後も光源氏との恋愛に対して自分の気持ちを優先する自由奔放さがあり、それがまた光源氏を引きつけるのでした。

父の右大臣は、光源氏のことを思慕する娘の気持ちを知り、正妻・葵の上を亡くした光源氏との結婚を許そうかと考えたこともありました。しかし、弘徽殿の女御がそんなことを許すはずもなく、何が何でも妹と自分の息子（東宮）との結婚を実現させようとします。

桐壺院が崩御したあと、朧月夜は宮廷に入り、東宮が朱雀帝として即位するに及んで尚侍《ないしのかみ》※

として仕えることになりました。

※尚侍……帝のそば近くにお仕えし、帝への取次にあたる。本来は従五位相当の女官であるが、帝から寵愛を受けることもあり、女御・更衣に準ずる従三位相当となった。「しょうじ」とも。

朧月夜との密会発覚で官位を剝奪される光源氏

朧月夜が朱雀帝の尚侍として仕えることになった……この段階で光源氏と朧月夜との関係は終わらせるべきでした。ところが二人は前と変わらず密会し続けました。束の間の逢瀬は、二人にとってとろけるような蜜の味でした。かりそめだからこそ、かえってその場を完全燃焼できる、そんな関係でした。

実は二十代前半の光源氏には、辛いことがたくさん起きていました。藤壺との不義の子のことや、六条御息所の物の怪による葵の上の急逝、朝顔の姫君（113ページ）にはフラれ、さらには父である桐壺院の崩御が追い打ちをかけました。

一方、朧月夜のほうも優しいだけの朱雀帝の愛だけでは満足できません。朧月夜と光源氏の関係は朱雀帝に知られてしまいますが、人のいい朱雀帝は朧月夜を愛するあまり、あえて咎めだてをしようとしませんでした。

二人が出会ってからすでに四年の月日が流れ、その間に政界の権力は右大臣と弘徽殿の大后が握るに至りました。弘徽殿の大后は、光源氏を失脚させようと、虎視眈々《こしたんたん》と機会を狙っています。

そもそも朧月夜は、弘徽殿の大后の息子である東宮の「女御」として入内する予定でしたが、光源氏との逢瀬発覚により、格を下げて「尚侍」としての入内を余儀なくされたのです。弘徽殿の大后はこれをずっと根にもっていました。

ついに事件は起きます。光源氏二十五歳の夏、いつものように美しい朧月夜との密会の明け方、雷雨で帰りそびれた光源氏は右大臣に密会の現場を発見されてしまいます。右大臣は驚いてその場を去りますが、その報告を受けた弘徽殿の大后は大激怒。

さすがの朧月夜も光源氏との密会の現場を父に見つかり、生きた心地がしませんでした。そして姉・弘徽殿の大后の怒りに触れ、罰として宮廷への参上を禁止されるなど、痛い目に遭います。

一方の光源氏も、今回ばかりは絶体絶命のピンチです。父・桐壺院という強力な後ろ盾を失い、政治的に厳しい立場に立たされていたうえにこのスキャンダルです。朱雀帝への謀反の罪を着せられて官位を剥奪された光源氏は、これ以上の辱めを避けるべく自ら須磨へと退居することを決心します。

自業自得といえばそれまでですが、朧月夜との火遊びの代償はあまりに大きなものでした。栄光の光源氏の人生に、暗雲が垂れ込めた瞬間でした。

朱雀院の深い愛に気がつく朧月夜だが……

辺境の地である須磨へと下った光源氏は、わび住まいの中、都にいる何人もの女性と手紙のやり取りをしました。その中で、朧月夜との手紙のやり取りは秘密裏に行われました。しかし、それも弘徽殿の大后に知れ、文通もできなくなってしまいました。

さて、色々なことがあった須磨・明石での生活のあと、二年後に罪が許されて都に戻って来た光源氏は政界に復帰し、その余勢を駆って再び朧月夜に猛アタックをかけます。懲りない男です。しかし精神的に成長した朧月夜のほうは、軽々しくその誘いには乗りませんでした。

光源氏と離れている間に、朧月夜は朱雀帝の自分への深い愛に気がついたのです。そして、若さにまかせてスキャンダルまで起こし、朱雀帝を傷つけてしまったことを深く反省しました。やがて朧月夜は朱雀帝に心を開き、愛するようになっていきます。

それからさらに十年の月日が流れました。政界から引退した朱雀院は、心配の種である娘・女三の宮（137ページ）を光源氏に託し、朧月夜に想いを残しながら出家します。朧月夜は朱雀院のあとを追って出家して尼になろうとしますが、朱雀院に止められて思いとどまりました。

一方、異母兄・朱雀院の頼みとはいえ、四十歳の光源氏が十四歳の女三の宮を「正妻」として迎え入れると、それまで「正妻格」だった紫の上は苦しみ、光源氏もまた二人の間で板挟み状態になってしまいます。

そこで、この辛い状況から逃げ出したい光源氏は、二条の宮に住む朧月夜の部屋に強引に忍び込み、十五年ぶりに一夜を共にしました。二人は、お互いに若かった昔を思い出しつつ、過去をいとおしんで感慨にふけるのでした。朱雀院に対して悪いとは思いつつも、強引さに弱い朧月夜は、光源氏の押しに負けてしばらく逢瀬を続けます。

しかし、これは線香花火の最後の一閃《いっせん》のような切ないものでした。七年後に、朧月夜は遅すぎたともいえる宿願の出家を果たし、ついにこの二人の関係は終わりを告げました。

朧月夜の愛のかたちは、弱さも含めた人間のありのままの姿といえます。己の欲望に忠実に、後先考えずその場その場を完全燃焼する愛。ただし、そのしっぺ返しをくうのは当然のことでした。

コラム

平安女性のモテる条件

朧月夜は魅力的な美女ですが、当時の貴族女性が備えていなければならない見た目や教養、つまり「モテるための条件」は次のようなものでした。

●その壱　長く美しい黒髪は女の命

髪の長さは身長以上であることが必須。つややかな黒髪はふさふさと豊かで、あくまでも真っ直ぐでなくてはなりませんでした。末摘花の唯一ともいえる美点がこれでした。

●その弐　恋をするには上手い和歌が詠めねばならない

当時は男女が直接会えるわけではないので、上手い和歌が詠める知性と教養は必須。上手い和歌が詠めない姫君は、女房などが代筆して恋の手助けをしたりしていました。

●その参　手紙の筆跡や紙選びのセンスなどは教養の証

男女間では、文《ふみ》(手紙)のやり取りで相手の知性や教養を推し量ります。内容はもちろんのこと「筆跡の美しさ」も問われました。また、紙選びや焚き染めた香りのセンスも大切になってきます。

その他、季節に合わせた着物の柄選びに趣向を凝らしたり、気品あふれる立ち居振る舞いを心がけたりと、モテる女になるのもなかなか大変です……。

10 明石《あかし》の君《きみ》

一流の教養を父に叩きこまれた、地方出身の玉の輿娘

父・明石の入道の厳しい教育を受けて成長し、流謫《るたく》してきた光源氏と結ばれて姫君を産む。のち、紫の上に託された姫君は中宮となる。六条院で冬の御方《おんかた》として厚遇される。

夢で見た父のお告げに従って須磨から明石へ移動する光源氏

光源氏と明石の君との出会いのために、作者紫式部はいくつかの伏線を敷いています。少し遠回りですが、二人の出会いを理解するために、光源氏が失脚して須磨から明石へと流謫することになる事情からお話ししましょう。

光源氏が二十一歳の時、桐壺帝から朱雀帝への政権交代によって政敵右大臣とその娘の弘徽殿の大后が政治の実権を握りました。その二年後、父・桐壺院が崩御するに及んで、光源氏は後ろ盾を失います。

そんな時、弘徽殿の大后の妹である朧月夜との密会がバレ、官位を剥奪されてピンチになった光源氏は、流罪にされる前に自ら須磨に退居することを決意しました。

しかし、都で何不自由なく暮らしてきた光源氏にとって、須磨でのわび住まいは相当辛いものでした。唯一の楽しみは愛する人たち（藤壺、紫の上、朧月夜、六条御息所など）との手紙のやり取りでしたが、それも弘徽殿の大后の妨害によってできなくなり、寂しさを募らせます。

光源氏が帰京を願って海岸でお祈りしていると、それまで晴れていた空が突然真っ暗になり、暴風雨が吹き荒れました。光源氏はほうほうの体《てい》で邸に戻ります。なおも暴風雨が続く中、落雷によって邸の一部が炎上する被害に見舞われました。その夜、夢に亡き桐壺院が現れ、「住吉の神様の仰せに従って、早く須磨を離れなさい」と勧めて消えました。これには光源氏も何が何やらわからず、驚くばかりでした。

しかし、ここから光源氏の人生は好転しはじめます。桐壺院の亡霊を見た翌朝、明石の入道と名乗る男が光源氏のもとを訪れました。不思議な夢のお告げを見て、嵐の中、舟を漕いで須磨にやって来たというのです。光源氏は「父の亡霊の言うように、これが神のお助けだろう」と思って、明石の入道に付いて行き、明石に移動することにしました。

明石の入道の宿願は明石一族の再興だった

明石の入道は桐壺の更衣のいとこにあたり、都の貴族だったのですが、宮廷社会から脱落して播磨国《はりまのくに》（今の兵庫県南西部）の国司《こくし》になり、その後、発心《ほっしん》して仏道に入りました。

明石の入道は、自分の代で一族が落ちぶれてしまったことを反省し、娘の明石の君をいずれ都の貴族と結婚させるために厳しく教育しました。一人娘の将来に一族の再興を賭けたのです。明石の入道は常々娘に対して、「立身出世がかなわないようなら、海に身を投げて死んでしまえ」と厳しく言い含め、一流の教養を叩きこみました。

そこに現れたのが貴公子光源氏でした。明石の入道は、須磨に退居してきた光源氏の噂を聞いて、「これはチャンスかもしれない！」と直感しました。すると、不思議な夢のお告げがあり、神風に導かれるままにたどり着いた浦で、明石の入道は光源氏に会えたのです。

明石の入道の手引きで結ばれる光源氏と明石の君

明石に着いた光源氏は明石の入道から、「ぜひ私の娘と結婚してください」と乞われます。突然の申し出に対して光源氏は、「これも前世からの因縁かなぁ」などと都合の良い解釈をするのですが、さすがに都に残してきた紫の上のことや、今置かれている境遇のことを考えて、簡単には承知しません。

それでも明石の入道は光源氏を厚く遇し、めげずに縁談を勧めてきます。そこで光源氏はとりあえず軽い気持ちで明石の君に手紙を送ったのですが、父の入道とは反対に、明石の君は身分の違いをわきまえて、光源氏の誘いに乗ろうとはしませんでした。

しかし、明石の君から送られてくる手紙はとても風流で上品。とても田舎娘のレベルではありません。こうなると、光源氏は明石の君のことが気になり始めます。どうしたものか……と迷う光源氏をよそに、明石の入道は娘とくっつけようと策を練ります。

八月十三日、月が美しく輝いている夜に、明石の入道の手引きで光源氏は明石の君の部屋を訪れ、関係を結びます。してやったりの明石の入道……父親の手引きで娘と契りを結ぶなんて今ではとても考えられないシチュエーションです。

光源氏は契りを結んだあと明石の君を近くで見ると、六条御息所に似た感じの上品な女性でした。すらりと背が高く、美しい。光源氏は彼女に魅せられ、人目を忍んで通うようになります。

懐妊した明石の君を置いて帰京する身勝手な光源氏

光源氏は、紫の上に浮気がバレる前に自分から伝えておこうと思い、京にいる紫の上に明石の君との関係をそれとなく伝えます。それに対して、紫の上からは「信じておりましたのに……」と悲しむ返事が来ます。

これを読んだ光源氏は、さすがに紫の上に遠慮して明石の君のもとに通うのを控えるのですが、そんな光源氏に対して明石の君は「あぁ、やっぱり身分違いの恋でしたのね」と、こちらはこちらで身を投げて死にたい気分になってしまいます。

しかし、厳しい教育を受けて育った明石の君は、辛い男女の仲を嘆きつつも光源氏の前ではそんな様子を一切見せず、穏やかに振る舞います。光源氏は紫の上のことを気にかけつつも、明石の君のこうしたつつましい振る舞いに心惹かれていきます。そして毎晩のように愛し合った結果、明石の君は妊娠してしまいました。

この頃、宮中では不吉なことが次々に起こっていました。光源氏が桐壺院の亡霊を見た日、朱雀帝も同じく桐壺院の亡霊を見ました。そして、その亡霊に睨まれて以後、朱雀帝は目をわずらい、右大臣が死去し、弘徽殿の大后も物の怪に悩まされます。自分だけでなく、祖父や母にも変事が起こって不安になった朱雀帝は、弘徽殿の大后の反対を押し切って光源氏に京に戻るよう宣旨《せんじ》を出しました。

懐妊している明石の君は、光源氏の帰京を聞いて不安で仕方がありません。しかし、それを止めることはできず、かといって一緒に京へ行くこともかなわないのです。

光源氏の帰京が近づいたある晩、二人は琴を奏で、別れを悲しみます。琴の名手である明石の君の奏でる音色を聞きながら「あはれ」を感じる光源氏。そしてその時の明石の君の様子は、いつにも増して美しく、光源氏は後ろ髪引かれる思いに駆られます。

光源氏はできるだけ早くに都に迎えることを身重の明石の君に約束し、形見に琴を渡して帰京するのでした。

あまりの身分の差に、みじめになる明石の君

三年ぶりに都に戻った光源氏は、政治の世界に返り咲き、冷泉帝の後見役として権中納言から内大臣に昇進しました。数か月後、明石の君が無事に女児を出産した連絡を受け、無邪気に喜びます。

一方、都で光源氏の帰りを待っていた紫の上は、光源氏がやっと帰ってきてくれてひと安心、と思ったのも束の間、明石の君との間に娘が生まれたと聞いて心中穏やかではありません。そして明石の君が得意だと聞いた琴には手も触れないなど、紫の上にしては珍しく嫉妬を露《あらわ》にしました。

ところが、ライバル心むき出しにする紫の上の姿が光源氏にはかわいらしく映り、小悪魔的な魅力を感じるのでした……どこまでも自己チューな光源氏です。

光源氏が二十九歳の秋、帰京の望みがかなった御礼のために、大坂の住吉明神（大阪市住吉区）を参詣します。そこに毎年参詣を欠かさない明石の君一行が来合わせましたが、

光源氏の盛大な行列を遠くから見て、ただただ圧倒されてしまいます。そしてこんなにも高貴な光源氏と自分の身分を比べて、あらためてひどくみじめな気持ちになるのでした。

光源氏と再会した明石の君が紫の上に託したもの

数年後、光源氏が以前から造らせていた二条東院が完成し、西の対《たい》に花散里、東の対に明石の君を住まわせるつもりでいました。明石の君は、光源氏から上京するようにと再三連絡を受けるのですが、「高貴な人たちにまざってみじめな思いをするだけではないかしら。でも、幼い姫君をこんな田舎で育てたくはないし……」と悩みます。

そこで明石の君の両親は折衷案として、知人が大堰《おおい》（京都市右京区嵐山）に持っていた邸に明石の君と姫君を住まわせました。明石の君が京に移り住んだことを聞いた光源氏は、すぐにでも会いに行きたいのですが、二人の関係に嫉妬する紫の上の手前、行くことができません。そこで、「大堰の近くに造っていた別邸の様子を見てくるよ」なんて、バレバレの嘘をついて出かけて行きます。

大堰で数年ぶりに明石の君と再会した光源氏は、以前よりも格段に美しくなった明石の君と初対面の姫君に感無量です。明石の君も久しぶりに見る光源氏の変わらぬ美男子ぶりにうっとりしつつ、再会を心から喜びます。

二条院に戻った光源氏は、紫の上に明石の姫君のことを相談します。明石の君は地位が低く、娘を将来入内させるに当たっては、このまま明石の君が育てるよりも紫の上が育てたほうが得策だとの考えを説明したのです。紫の上は心中では明石の君に嫉妬の炎を燃やしつつも、子ども好きなので明石の姫君の養育を引き受けることにしました。

紫の上の了解を取り付けた光源氏は、姫君を紫の上の養女にすることを明石の君に提案します。「紫の上は必ず姫君をかわいがってくれるよ」……そう言われても、明石の君は愛するわが子を手放すことに躊躇《ちゅうちょ》します。しかし、姫君の将来を考えて手放す決心を固めました。

姫君との別れの日、明石の君は泣きながら姫君を送り出すのですが、そんな明石の君の姿を見て、光源氏は罪悪感に駆られるのでした。

紫の上と明石の君の初対面、憎しみや嫉妬を越えた二人

こうして二条院に引き取られた明石の姫君ですが、次第に紫の上になついていきます。

最初は嫉妬に苦しんでいた紫の上でしたが、大堰にいる明石の君のもとに光源氏が出かけ

ていっても、以前のように恨むこともなくなり、かわいい姫君に免じて大目に見てあげられる心の余裕が生まれました。

その後、光源氏の壮大な六条院が完成すると、明石の君は西北（冬）の町に迎え入れられます。ただし、西北（冬）の町は六条院の四つの町の中で一番小さく造られていて、ここでも明石の君の地位が低いことがわかります。しかも紫の上とともに東南（春）の町に住んでいる明石の姫君に、実母である明石の君は会うことはかないません。

六条院での初めての正月に、明石の君は、光源氏のもとにいる姫君を思って和歌を贈ります。光源氏はもう何年も娘に会えないでいる明石の君に同情し、姫君本人に返歌を詠ませました。姫君は「産みの母のことは決して忘れていません」と、うれしい返歌をしてくれ、それを読んだ明石の君は娘の成長ぶりに涙を流すのでした。

月日が流れ、十一歳になった姫君が東宮（朱雀帝の第一皇子）に入内することが決まりました。光源氏と紫の上のはからいで、明石の君は付き添い役として姫君とともに宮中に入ることになりました。その時、初めて紫の上と明石の君は対面しました。

三十歳を過ぎて大人になった二人は、お互いに立派で魅力的な女性であることを感じ取り、光源氏に愛されるのはもっともなことだと納得し合うのです。本当に人間性の高い素晴らしい二人です（涙）。

その後、明石の姫君と姫君がのちに産んだ若宮の世話を通して、紫の上と明石の君は打ち解けていきます。明石の君は決して出すぎず、馴れ馴れしくもせず、かといって軽く見られるような態度もせず、感心するほどしっかりとした心構えを持っていました。

地方に生まれ育ち、父の厳しい教育を受けて育った明石の君の愛のかたちは、自分のことよりも、愛する人や子どもの幸せを願うスタイルでした。一流の教養を身に付け、姿かたちも美しいのに、決してそれをひけらかさない謙虚さもありました。

かつて藤壺の妊娠が判明した時、占ってもらった予言通り（82ページ註参照）、明石の姫君はのちに中宮となり、明石の君と光源氏との出会いから始まった玉の輿ストーリーは大団円を迎えました。

そして、明石の中宮が第一皇子を出産した知らせを受けた明石の入道は、「明石一族の再興」という悲願を達成した今、一人静かに山奥深く姿を消していくのでした。

コラム

「方違え」を隠れ蓑にして愛人宅に通う

『源氏物語』が書かれた平安時代で、「占い」といえば、その主流は「陰陽道《おんみょうどう》」でした。「陰と陽の二気が互いに消長し調和することによって自然界の秩序が保たれている」とする陰陽説と、「万物は五行（木《もく》、火《か》、土《ど》、金《ごん》、水《すい》）の五つの元素から成り立つ」とする五行説とが融合してできたのが「陰陽五行説」です（む、難しい）。

陰陽道はこの陰陽五行説に基づいて、月日や干支の巡りを考え、政治や日常生活など人間の営みの推移を察し、卜占《ぼくせん》で吉凶判断をしたり、祈祷で災いを払ったりしました。

中でも有名なのが「方違《かたたが》え」です。これは陰陽道の禁忌《きんき》の思想に基づき、どこかに出かけるにしても、その方角が「凶」と出ればその方角を避けて一度違う方角へ向かって出発し、改めて目的地へ向かって出発しなおすという面倒なものでした。

しかし、この「方違え」を逆手にとってうまく利用していたのが、光源氏でした。左大臣邸から紀伊の守邸へと赴き、そこで空蝉と出会えたのもこの方違えがあってこそのことでしたし、他にも「方違え所」としてのお忍び先があったり、方違えにかこつけて忍ぶ女のもとを訪れたりしていた様子も窺えます。方違えが隠れ蓑となって、光源氏の恋愛遍歴の手助けをしていたのは間違いないところです。

11 朝顔《あさがお》の姫君《ひめぎみ》

光源氏とプラトニックな関係を貫いた唯一の女性

光源氏の叔父にあたる桃園《ももぞの》式部《しきぶ》卿宮《きょうのみや》（桐壺帝の弟）の娘で、光源氏とは幼馴染。光源氏の求愛を受け続けるが拒否し、賀茂の斎院を経て出家。生涯独身を貫いた。

光源氏の求愛に落城寸前。どうする、朝顔の姫君

『源氏物語』の第二十帖の巻名は「朝顔」。ここに出てくる「朝顔の姫君」こそ、光源氏の毒牙にかからなかった唯一の女性です。とはいうものの、朝顔の姫君と光源氏との付き合いは長く、少なくとも光源氏が十代の後半から四十代にいたるまで物語に登場します。

光源氏の叔父にあたる桃園式部卿宮（桐壺帝の弟）の娘だった朝顔の姫君と光源氏とは幼馴染でした。年も近く、美貌と教養を兼ね備えていた朝顔の姫君を光源氏が見逃すはずはありません（笑）。

光源氏が十七歳の頃には、手紙のやり取りを通じてそれとなく朝顔の姫君に恋心を伝えます。しかしその頃、光源氏は「恋の季節」を迎えていました。すでに葵の上を正妻として迎えていたにもかかわらず、年上の未亡人・六条御息所と恋に落ち、さらには夕顔ともに激しい恋愛をする……。手の付けられないやんちゃぶりを発揮していました。

光源氏の色恋沙汰の噂を聞くにつけ、朝顔の姫君は距離を取ろうとします。しかし、朝顔の姫君も人の子、光源氏の魅力に惹かれ、そのアタックにはもはや落城寸前……とその時、賀茂祭《かもまつり》において起きた葵の上と六条御息所の「車争い（14～15ページ参照）」をその

目で目撃してしまったのです。

正妻・葵の上との争いに敗れた六条御息所の牛車は壊され、しかも愛人呼ばわりされて大恥をかかされた六条御息所のプライドはズタズタです。

「私、ああはなりたくない」――光源氏の姿を見ればその魅力に心動かされるものの、六条御息所の置かれた状況とその苦悩を思うと、自らもそうなってしまうのではないかと朝顔の姫君は心を痛めました。

光源氏とは決して深い仲にならないことを決意した朝顔の姫君は、それ以後、光源氏の求愛を拒み続け、折に触れて便りを交わす程度のプラトニックな関係に終始しました（ちなみに、この決断以前に二人の間に肉体関係があったかどうかに関しては議論が分かれます……）。

朝顔の姫君の優しさに感涙する光源氏

その後も朝顔の姫君は光源氏と距離を取って付き合うのですが、光源氏のほうは朝顔の姫君に執心し続けます。それは、朝顔の姫君の優しさや思いやりの深さを折に触れて感じたからでした。

たとえば、光源氏が正妻・葵の上を亡くした時のことです。

葵の上は夕霧を出産したあとすぐに亡くなります。突然の死に光源氏は大きなショックを受け、自分の悲しみを手紙と歌に託して朝顔の姫君に贈りました。いつものことならあっさりした返事で十分と思っていた朝顔の姫君でしたが、この時ばかりは光源氏の心情を思うと心を込めた返歌をせずにはいられませんでした。光源氏は朝顔の姫君から届いた優しい返歌に胸を打たれます。

また、こんなこともありました。

光源氏の娘・明石の姫君が東宮の妃《きさき》として宮中に入ることになり、裳着《もぎ》（女子の成人式）を迎えることになった時のことです。光源氏は、嫁入り道具として持たせる香の調合を朝顔の姫君に依頼します。

光源氏に対しては塩対応で済ませていた朝顔の姫君も、「娘さんのためならば」と、張り切って香の調合をしました。そして素晴らしい香を早々に届けたのです。光源氏は大喜び、朝顔の姫君の株は上がるばかりです。

斎院になっても続く光源氏のアタックに塩対応

時は遡りますが、光源氏が二十三歳の時、父・桐壺院が亡くなると朝顔の姫君は「斎《さい》院《いん》」に任命されました。「斎院」とは、上賀茂神社と下鴨神社の両神社に奉仕する未婚の皇女または女王のことです。

斎院は神聖な立場なので恋愛など御法度。ところが光源氏は斎院となった朝顔の姫君にラブレターを送ります。この掟破りの御法度に対して斎院は、「何をいまさら言うのですか、失礼な!!」とピシャリと言って返します。

これにはさすがの光源氏もしょんぼり、反省……しないのが光源氏の光源氏たるゆえん。タフネス光源氏はくじけません!! やがて桃園式部卿宮が死去したのにともなって娘の朝顔の姫君は斎院を退いて故父宮の邸で暮らし始めました。これをチャンスと見た光源氏は、姫君と一緒に住む叔母の見舞いにかこつけてその邸を頻繁に訪ねるのです。

すでに三十歳を超えて分別も付いているはずの光源氏ですが、なにせ十代後半の頃からの恋心です。八年間の斎院時代も含めて十六年間、一向になびいてくれない朝顔の姫君に対する想いはかえって燃え上がるばかりでした。諦めが悪いというかなんというか……。

光源氏の正妻格だった紫の上はそれを知って不安になります。そうでなくとも朝顔の姫君は高貴の出自なので、光源氏の正妻候補に何度も名前が挙がっていた人。世間でも二人の仲を噂しているようです。身分の低い紫の上は自分の立場が危うくなる恐怖に駆られるのですが、そんなことは一切お構いなしの光源氏は、朝顔の姫君に歌を贈ります。

見しをりの　つゆ忘られぬ　朝顔の　花の盛りは　過ぎやしぬらむ

【訳】その昔、拝見したあなたがどうしても忘れられません。その朝顔の花は盛りを過ぎてしまったのでしょうか。

この歌は、額面通りに受け取ると、「貴女も年を取ってしまいましたね」という失礼なものですが、光源氏が愛する朝顔の姫君にそんな失礼な歌を贈るわけがありません。光源氏は、二人が過ごしてきた年月の重さを感じつつ、「貴女が美しかったことを忘れていません。僕とまた恋愛をしませんか、愛は永遠ですよ」と誘《いざな》っているのです。

朝顔の姫君は光源氏の真意を理解しています。だからこう返歌しました。

秋果てて　霧の籬《まがき》に　むすぼほれ　あるかなきかに　うつる朝顔

【訳】貴方のおっしゃる通り、秋は終わって霧の立ち込める垣根に絡んでいる朝顔は、色あせて今にも枯れそうです。

光源氏の歌をわざと額面通りに受け取って自分を卑下し、年を取って容色も衰えましたと返歌することで、光源氏の求愛をやんわりと断ったのです。

生涯独身を貫いて出家、これが私の生きる道

実を言えば、朝顔の姫君も光源氏に心惹かれていました。また、光源氏の正妻になれば経済的に恵まれた生活を送れることはわかっていました。しかし、長年光源氏を見てきて、彼に近づいた女性たちが次々と苦しみ、のたうち回るさまを見てきた朝顔の姫君は、「独りで生きていく」と決めました。それが朝顔の姫君の愛のかたちだったのです。

月日が経ち、朝顔の姫君は独身のまま出家しました。勤行に打ち込み仏道に専心しているらしい、と光源氏は人づてに聞きました。すでに晩年を迎えていた光源氏は、今まで出会った多くの女性の中で、思慮深さや優しさの点で朝顔の姫君に並ぶ人はいなかったなぁ、と振り返ります。光源氏に近づき過ぎなかったお陰で、朝顔の姫君はその毒牙にかかることなく静かな一生を送ることができました。

コラム

「賀茂の斎院」とは？

『源氏物語』の中で朝顔の姫君が任命された賀茂の斎院は、現実には平安京の北郊、船岡山《ふなおかやま》（標高百十二メートル）の麓にある北紫野《きたむらさきの》（現在の京都市北区紫野）に置かれました。近くに大徳寺や金閣寺があるあたりです。

斎院の仕事として最も重要なのは、陰暦四月中の酉《とり》の日（現在は五月十五日）に行われる「賀茂祭（別名「葵祭《あおいまつり》」）」でした。

斎院は上賀茂神社と下鴨神社に参向して祭祀を執り行うのですが、祭りのハイライトは華麗な行列で、当時の貴族たちも行列見物に出かけました。

『源氏物語』では、光源氏の正妻・葵の上と愛人の六条御息所《ろくじょうのみやすんどころ》が、行列を良い場所で見物しようとして「車の場所取り争い（車争い）」を演じる場面が描かれています。

この争いに負けた六条御息所は恨みのあまり生霊となって葵の上を呪い殺します。オ〜怖っ!!　でも、それくらい賀茂祭を良い場所で見ることに価値があったのですね。

斎院と中宮彰子のサロンとの交流は頻繁にありました。時の斎院から「何か珍しい物語はありませんか」と所望された中宮彰子が、式部に新しい作品を書くよう命じて生まれたのが『源氏物語』だ、という伝承もあるくらいです。

12 花散里《はなちるさと》

光源氏の精神的な支えとなった、癒し系の良妻賢母

光源氏の父・桐壺帝の女御の妹にあたる。光源氏の造った六条院に迎え入れられ、母のいない夕霧や玉鬘の養母役を果たす。不美人だが、光源氏とは精神的に深い絆で結ばれた存在。

不美人ながら光源氏の心の支えだった花散里

花散里は、光源氏の多くの妻や愛人たちの中で独特の位置を占めている女性です。その理由は、肉体的よりも精神的につながっていたところにありました。そして光源氏が苦しい境遇に立たされた時には心の支えとなり、一生信頼関係を保ち続けた希有な女性です。さらに言えば光源氏の多くの女性遍歴を知る生き証人でした（笑）。

花散里の姉、麗景殿《れいけいでん》の女御は光源氏の父・桐壺院の女御で、桐壺院亡きあとは姉妹で光源氏の世話を受けていました。花散里は、かつて光源氏とかりそめの関係を持った間柄でしたが、光源氏が夢中になるほどの魅力の持ち主ではなかったようで、関係は長続きしませんでした。

でも、花散里といると光源氏は不思議なくらい気持ちが落ち着くのです。困った時の花散里頼み!! 光源氏は母性本能の強い花散里を精神的にとても頼りにしていました。

政敵である弘徽殿の大后の妹・朧月夜との恋愛スキャンダルを起こした光源氏は、弘徽殿の大后たちの策略で重い罰を受けそうになりました。暗雲漂う中、光源氏は憂さ晴らしに花散里のもとを訪れます。

花散里は久しぶりに訪れた光源氏を非難したり拒絶したりすることなく、温かく迎え入れてくれました。昔のあれこれを語り合って癒される光源氏。しかし現実はキビシイ。弘徽殿の大后たちの策略によって光源氏は失脚し、須磨・明石へと退居しました。

月日は流れ、侘しかった須磨・明石での生活を終えて京に戻った光源氏は、またまた久しぶりに花散里のもとを訪れると、花散里邸はすっかり荒れ果てた様子でした。そんな状況でも愚痴一つ言わずおおらかにしている花散里を見て、「こんな風に健気に自分を慕ってくれる女性のために、新しく邸を造って住まわせよう」と光源氏は思い立ちます。

情熱的な恋愛をしているわけではない二人ですが、光源氏が須磨・明石にいた間の手紙のやり取りなどを通じて、二人の信頼関係はより固く結ばれていったのです。苦労した光源氏には、花散里の優しさが身に染みます。花散里の愛のかたちは、相手を思いやる優しさと信頼感、そして心の支えとなる存在でした。

夕霧の養母として六条院に迎えられる花散里

その後、政界に復帰して三年が経ち、三十一歳になった光源氏は内大臣に出世し、豪華な二条東院を造ります。その西の対に花散里は迎え入れられ、優雅な生活を送ります。光源氏の息子である夕霧は、それまで祖母（左大臣の妻）のもとで育てられていましたが、元服後は勉学に集中できるようにと、光源氏によって花散里に預けられます。

夕霧は花散里と接してみて、「思っていたより美人じゃないなぁ。こんな女性でも父（光源氏）は見捨てないんだなぁ」なんて失礼なことを思いつつも、「僕もこういう優しい人と愛し合いたい」と花散里の心の穏やかさには感心しています。

その後、光源氏は二条東院をはるかに超えた壮大なスケールの六条院（126ページ参照）を造営します。光源氏は四季の町のうちの東北（夏）の町に花散里を移します。この町は涼しげな泉があって、庭には竹が植えられ、涼しい風が吹き通るように造られていました。また、橘《たちばな》や撫子《なでしこ》、バラの花なども咲き乱れた美しく風情のある様子で、心和《なご》む山里のような住まいです。

光源氏を陰ながら支える。ただしセックスレス夫婦

夏の風物をこよなく愛した花散里は「夏の御方」と呼ばれ、夕霧を見守りつつ、紫の上や秋好中宮などとも消息をやり取りして仲よく付き合います。また、日常生活全般の実務が得意な彼女は、裁縫や染物をはじめ、衣装の手配なども任され、光源氏を陰ながら支え

る主婦としての役割を果たします。

この頃になると光源氏にとって、花散里はもう完全に恋愛対象からは外れています。

光源氏は、花散里の不器量な姿を見て「普通だったら気持ちも冷めてしまいそうな方だけど、その方の世話をしている僕ってエライ」なんて失礼なことを思います（紫式部も男の本音をここまで書くとは……）。

一方の花散里のほうも、今をときめく光源氏と寝床をともにするなんて自分には不似合いだと自覚していました。中年のセックスレス夫婦です。

花散里は夕霧の養母役でしたが、光源氏にとっても母親の役割を果たしていたかもしれません。その証拠に、光源氏がさんざん浮気を繰り返しても常に動じずおおらかに構えていました。逆に息子・夕霧の恋愛問題であたふたする光源氏のことを、「まあ自分のことは棚に上げて……（笑）」と、面白がる余裕すらあった花散里でした。

光源氏亡きあとは、二条東院に戻って静かな余生を送ります。一生を通じて控えめで、けっして自分を前面に出さない花散里でしたが、光源氏にとっては安心して家庭を任せられる奥さんとして、大きな存在感があった女性だといえるでしょう。

コラム

壮大な六条院の様子

光源氏が三十五歳の時に、その栄華を象徴する六条院が完成しました。六条院は二百四十メートル四方の大邸宅。東京ドームの約一・二倍もの広さです。

ちなみに、現実の世界では、栄華を極めた藤原道長邸（土御門殿《つちみかどどの》）ですら百二十メートル四方、つまり六条院の四分の一の広さに過ぎません。ただ、道長は栄華を極めるにつれ土御門殿を拡張して倍の広さにし、息子の頼通の代には、ついに六条院とほぼ同じ敷地面積を持つ大邸宅になりました。「光源氏になぞ負けてなるものか!!」（by道長）。

これだけの広さですから、春夏秋冬の趣をあらわす町を六条院内に造り、四季の町それぞれに光源氏の愛する女性たちを住まわせていても、窮屈さなど感じないですみました。

光源氏は女性のイメージに合った季節を各町にあてはめました。

春の御殿である「東南の町」に光源氏と紫の上、そして養女として明石の姫君が迎えられます。夏の御殿である「東北の町」には花散里と光源氏の長男・夕霧が、秋の御殿である「西南の町」には秋好中宮が、そして冬の御殿である「西北の町」には明石の君が住みました。

身分上、明石の君の住む町がちょっと小さく造られているのが、涙を誘いますね。

13

玉鬘《たまかずら》

彗星のごとく現れ、六条院のアイドルになった魔性の美女

頭の中将と夕顔の隠し子。夕顔の死後筑紫《つくし》に下るが、のちに光源氏に引き取られ、六条院のアイドルとなる。鬚黒《ひげくろ》の大将との結婚後は、五人の子どもをもうけて平穏に暮らす。

「玉鬘《たまかずら》十帖」のヒロイン、玉鬘の数奇な運命のスタート

玉鬘の数奇な運命は、『源氏物語』の中でも「玉鬘十帖」と名前がつくほどの長いお話として書かれています。「玉鬘十帖」は、『源氏物語』よりも前に書かれた日本最古の物語、『竹取物語』の強い影響を受けていると言われています。

『竹取物語』といえば、美女かぐや姫をめぐって帝をはじめとする貴公子たちが求婚合戦を繰り広げる、そんなイメージがあると思いますが、この「玉鬘十帖」ではどんなお話が展開されるのか、紫式部のお話作りに興味津々です。

さて、話は光源氏が三十五歳の時、この世の極楽とも呼べる六条院（126ページ参照）を完成させたところから始めましょう。

この六条院は光源氏にとっての極楽、つまり「ハーレム」と呼べる造りですが、そこに好きな女性を集め、春夏秋冬の町に配置しました。栄華の頂点に立った光源氏は、ふと若き日の恋人、夕顔のことを思い出していました。

あれは光源氏が十七歳、夕顔が十九歳の時のこと。二人の恋愛はまさに運命の糸に操られたかのように激しく燃え、そして夕顔の死という残酷な結末を迎えました。夕顔が光源

氏との密会中に六条御息所に呪い殺された事件は、秘密裏に処理されました。そのため、夕顔の家の人々は女主人が行方不明の事態に陥ったのです。

夕顔の娘であった、のちの玉鬘はこの時まだ三歳。彼女は母の死を知らないまま、乳母とともに筑紫（現在の福岡県）に下っていきました。

それから十八年経ち、光源氏も三十五歳になりました。数々の試練を経て、精神的にも経済的にも余裕が生まれた年齢になって、ようやく玉鬘のことを思い出せるようになったのです。

実は他にもう一人、玉鬘のことを気にかけている人がいました。それは当時夕顔に仕えていた侍女右近《うこん》です。密会中に亡くなった夕顔のことを他言させないため、右近は夕顔の死後、光源氏に仕えさせられていたのです。

右近と玉鬘、十八年ぶりに奇跡の再会

この物語の主人公玉鬘は、さすが美女夕顔の忘れ形見だけあって、とても美しく成長していました。玉鬘は、『源氏物語』の中で最も美人であったという説もあるくらいです。

この玉鬘の美しさは世間でも評判になり、多くの青年から求婚されました。といっても、

しょせん当時の筑紫は田舎です。玉鬘に見合う男性は望むべくもなく、母代わりの乳母は多くの縁談を断りました。

玉鬘が二十歳になった頃、肥後(現在の熊本県)の豪族・大夫監《たいふのげん》が強引に迫ってきました。田舎者丸出しのこの男は、玉鬘の家来を買収したり、下手な和歌を詠んだり……あの手この手で玉鬘を手に入れようとします。あまりに脅迫的な求婚に身の危険を感じた乳母は玉鬘を連れて筑紫を脱出し、やっとの思いで都にたどり着いたのでした。

しかし、都にこれといった身よりのない玉鬘一行は途方に暮れ、あとは仏様を頼るしかない、と大和の長谷寺《はせでら》※の初瀬観音《はつせかんのん》に参詣します。すると、ここで奇跡が起きます。

なんと、同じく玉鬘のことを気にかけて長谷寺に祈願に来ていた右近と、玉鬘一行は十八年ぶりに劇的な再会を果たすのです。さすが観音様のご利益は素晴らしい!!

再会までに十八年もの月日が流れているのですから、右近の語る話はとうとうと尽きぬものがありました。夕顔の死のことや、光源氏が玉鬘を探していることなどを話している間も、お互いに涙、涙、また涙です。

そして、成長した玉鬘を見た右近は、玉鬘が紫の上にも劣らないほどの気品を備えた美しい女性に成長した様子に驚きを隠せませんでした。

右近はさっそく光源氏にこのことを報告します。もちろん光源氏は大喜びです。昔愛したあの夕顔にゆかりのある人、「引き取って育てたい（美人にちがいない）」と思うものの、問題が一つありました。実は玉鬘の実父は頭の中将だったのです。

頭の中将は光源氏にとって義兄。本来であれば、夕顔の忘れ形見・玉鬘を発見したことを真っ先に頭の中将に知らせせなければならないのですが、そこは下心のある光源氏。自分の娘と偽って玉鬘を六条院に引き取ってしまいます。そして玉鬘を花散里のいる夏の町に預けて、大切に世話させるのです。困った時の花散里頼み……。

※長谷寺……奈良県桜井市にある真言宗豊山派《ぶざんは》総本山の寺院。日本でも有数の観音霊場として知られる。

六条院に突如現れた「かぐや姫・玉鬘」に貴公子たちは騒然

突如六条院に現れた玉鬘は、あっという間に有名になります。今をときめく太政大臣・光源氏の娘（隠し子）であり、教養が高く素晴らしい美貌の持ち主……こうした噂が飛び交い、貴公子たちはみな玉鬘に求婚します。『竹取物語』と同じ設定ですね。

玉鬘の争奪戦に名乗りを上げた中でも、螢兵部卿《ほたるひょうぶきょう》の宮《みや》（以下「螢の宮」）と鬚黒の大将が本気モードになっていました。螢の宮は、光源氏の異母弟（桐壺帝の息子）で風流を解する趣味人です。鬚黒の大将は、右大臣の息子で東宮（のちの今上帝）の伯父にあたります。

他に、誤解が原因でおかしなことになっている二人がいました。

一人は頭の中将の息子・柏木《かしわぎ》。彼は玉鬘が実の姉と知りもせず好意を抱きます。もう一人は光源氏と葵の上との息子・夕霧。彼は玉鬘が実の姉だと信じているので手が出せません。事実はまったくの逆なのですが……。

玉鬘の父親役である光源氏は、こうした求婚者からの恋文を一つ一つ点検（笑）しては、玉鬘に返事を勧めてみたりするのですが、本音はまったく別。玉鬘のあまりの美しさに惹かれ、光源氏本人こそ手を出したいのです。時に玉鬘を教育するフリをして添い寝なんかしたりする……実にイヤラシイ養父です。

実父・頭の中将と感動の初対面を果たす玉鬘、のはずが……

玉鬘は、光源氏のそうした好色めいた態度に頭を悩ませます。しかし、養父でもあり、庇護者でもある光源氏をそう邪険にもできません。

一方の光源氏も、紫の上を筆頭に、六条院の女性たちへの気兼ねもあり、玉鬘を強引に我が物にはできません。また、玉鬘の実の父がライバルの頭の中将（現・内大臣）なのもシャクにさわります。自分が玉鬘を妻にしたら頭の中将に婿殿扱いされ、物笑いの種となってしまうだろう、と光源氏は思うのでした。そこで、光源氏は玉鬘の求婚者の中で、本命の螢の宮をからかってみることにしました。

ある夜、螢の宮が玉鬘のところにやってきた時に、光源氏は螢を部屋いっぱいに放ちました。螢の光で映しだされた玉鬘の絶世の美女ぶりに螢の宮は魅了されます。

螢の宮はまんまと光源氏の思うツボにはまり、玉鬘への想いを煽《あお》られ、熱烈な恋歌を贈ります。ところが玉鬘は螢の宮をそれほど好きではないので、冷たい内容の歌を返しました。螢の宮は、がっくりです……「ざまあみろ、螢の宮（光源氏の心の声）」。

さて、十二月に冷泉帝※の大原野行幸があり、玉鬘も見物に出かけます。そこで冷泉帝の素晴らしい姿を見て感動します。また、初めて実の父・頭の中将の姿を見た玉鬘は、立派な姿だとは思うものの、臣下の器に過ぎないと感じます。

鬚黒の大将の姿もあったのですが、色黒で鬚が多く武骨な感じなのを見て玉鬘はすごくガッカリしてしまいます。玉鬘をめぐる求婚者たちの争いは、この時点では混沌《こんとん》としていて本命不在の様相を呈してきました。

翌年二十三歳になった玉鬘は、普通なら十二〜十四歳頃には済ませているはずの裳着《もぎ》

（女子の成人式）を済ませていなかったので、さっそく行うことになりました。この時、光源氏は裳の腰ひもを結ぶ「腰結役《こしゆいやく》」を頭の中将に頼みます。やっと真実を打ち明けることにしたのです。

光源氏から事の経緯を聞いた頭の中将は、玉鬘との対面を果たしました。二十年ぶりに夕顔の忘れ形見である実の娘に再会した頭の中将は、無事に美しく成長している娘の姿を見て涙を抑えることができませんでした。

一方、玉鬘のほうも実父との対面に感激しますが、今や光源氏のほうを本当の父だと思っている自分に気がつきます。「女心と秋の空」ではありませんが、頭の中将にちょっぴり同情してしまいます。

※冷泉帝……桐壺帝の第十皇子で母は藤壺、ということになっているが、実は光源氏と藤壺との間に生まれた不義の子。のちに出生の秘密を知り、光源氏に譲位を申し出る。

勝者は誰？　玉鬘争奪戦の意外な行方

世間にもその話は伝わります。焦ったのは柏木です。知らなかったとはいえ、実の姉に言い寄っていたことになります。一方の夕霧もショックを受けた一人です。実の姉だと思ったからこそ、横目でライバルを見ながらも求婚争いに参加せず我慢していたのに……。そこで急いで玉鬘に藤袴《ふじばかま》の花を贈ってアピールしますが、時すでに遅し。玉鬘は、尚侍(96ページ註参照)として冷泉帝に入内する話が出ていたのです。

「冷泉帝に入内するなら、玉鬘のことはあきらめるしかない」、と多くのライバルたちが残念がっていた時、直接行動に出た男性がいました。誰あろう無骨者の鬚黒の大将です。

鬚黒の大将には北の方(正妻)がいたのですが、ヒステリーかつノイローゼ状態で(物の怪に取り憑かれたという説も)、夫婦関係はほとんど終わっていました。なので、なんとしても玉鬘と結婚して今度こそ幸せな家庭を手に入れたいと本気で思っていました。

冷泉帝に入内してしまうと、もう手が出せなくなる……焦った鬚黒の大将は、玉鬘のところに強引に押し入り、玉鬘をものにしてしまったのです。

玉鬘は大ショック。もちろん光源氏も冷泉帝も大ショック。その他、玉鬘を我が物にしようとしていた貴族たちも、全員大ショックです。

しかし、実父・頭の中将だけは意外なことに賛成です。彼は、「下手に帝の女御となって后の座を争うよりは、無骨でも将来性のある男と結婚するほうが良い」、と考えたのです。

子沢山、三男二女をもうけて肝っ玉母さんになる

鬚黒の大将に強引に犯され、最初はショックを受けていた玉鬘ですが、のちに鬚黒の大将の正妻となり（ノイローゼの妻とは離婚した）、真面目にひたすら自分だけに愛を注いでくれる鬚黒の大将を見ているうちに、心を開くようになっていきます。

最初はあまり好きではなかった夫ですが、見た目は不格好でも心は優しい男だとわかるにつれて、愛情が芽生えてきました。一方の鬚黒の大将も家庭を大切にし、仕事にも精を出して右大臣にまで出世します。

こうして玉鬘は、鬚黒の大将との間に三男二女をもうけ、肝っ玉母さんとなって幸せになっていきます。宮中に彗星のごとく現れ、魔性の美女としてフェロモンを振りまいた玉鬘は、予想外の相手と結婚し、さらに良き妻、子沢山の母として家庭に収まる、という意外な結末を迎えます。

これにて一大王朝絵巻的な「玉鬘十帖」はオシマイですが、『源氏物語』の中で、最も賢く幸せな女性は玉鬘ではないかと思う時があります。運命に翻弄《ほんろう》された玉鬘の愛のかたちは、「ケ・セラ・セラ」。なるようになるさの楽観主義的なものといえるでしょう。

14 女三《おんなさん》の宮《みや》

光源氏の晩年の正妻にして、不義の子を産んだお騒がせ娘

朱雀院の第三皇女。十四歳で光源氏に降嫁するも、幼稚さゆえ失望される。頭の中将の嫡男・柏木と密通して不義の子・薫《かおる》の君《きみ》を出産するも、密通が発覚し、出家する。

年の差二十歳以上、突然の降嫁話に光源氏もビックリ

女三の宮が登場するのは、『源氏物語』の第二部のはじめとされている三十四巻「若菜《わかな》上《じょう》」です。ちなみに『源氏物語』全体の構成は、以下の通りです。

・第一部……「桐壺」から「藤裏葉《ふじのうらば》」→光源氏の青春・挫折・栄華。
・第二部……「若菜上」から「幻」→光源氏の晩年・不幸。
・第三部……「匂宮《におうのみや》」から「夢浮橋《ゆめのうきはし》」→光源氏の死後、薫の君と匂の宮の青春。「橋姫《はしひめ》」以降の十帖を特に「宇治十帖」と呼ぶ。

光源氏は四十歳の祝賀を来年にひかえ、この世の極楽浄土のごとき六条院の栄華の中にありました。平安時代では平均寿命が短く、四十歳で老人とみなされ、「四十の賀」を祝うのです。

その四十歳を前にして栄華の頂点に立っていた光源氏でしたが、同時にかげりの予感もしてきました。その「影」の部分を受け持ったのが「女三の宮」なのです。彼女をめぐって何人もの人が不幸になっていきます。

物語は、ある日光源氏が兄・朱雀院からとんでもないことを頼まれるところから始まり

ます。

なんと朱雀院の最愛の娘、女三の宮を嫁にもらってくれと頼まれるのです。この時、女三の宮はまだ十三歳。三十九歳の光源氏とは二十歳以上の年の差ですから、さすがの光源氏にとっても寝耳に水の話です。

光源氏の異母兄である朱雀院は、冷泉帝（藤壺と光源氏との不義の子）に譲位したあと、次第に病気が重くなり、出家を決意していました。しかし、母のいない最愛の娘・女三の宮の結婚問題がとても心配でした。花婿候補として何人か考えてみたのですが、いずれも女三の宮の相手としては物足りません。

そこで朱雀院が思いついたのが、光源氏でした。今や栄華の絶頂にある異母弟・光源氏ならば娘の婿として安心できると考えたのです。さらに自分の娘であれば、身分的には紫の上よりも格上なので、正妻として光源氏に「降嫁」させることができます。

一方、頼まれた光源氏のほうは、自分の年齢や、女三の宮との年の差、さらには紫の上の存在……いろいろなことで頭を悩ませます。

しかし、結局光源氏は女三の宮の降嫁を承諾します。女三の宮の母は光源氏の愛する「藤壺」の妹なので、女三の宮も「紫のゆかり（84ページ参照）」の人なのです。

「もしかしたら藤壺様に似た美人だったりして」……光源氏は下心ありありです。

正妻・女三の宮の巻き起こす事件で被害者続出

　こうして四十歳になった光源氏に、たった十四歳の女三の宮が正妻として降嫁し、六条院の春の町の寝殿に入りました。これにショックを受けたのは六条院の女主人紫の上です。しかし、十八歳も年下の女三の宮に嫉妬するわけにもいきません。深い悲しみを心に宿しながら、表面的には何もなかったかのように気丈に振る舞います。

　そんな中、光源氏は彼なりに苦しんでいて、紫の上と女三の宮との板挟み状態から逃避するかのように、久々に朧月夜を訪ねて逢瀬を楽しんだりします（99ページ参照）。

　こうして、女三の宮を巡ってさまざまな思いが交錯している時、ただ一人「熱い男」がいました。それがこれから事件を起こす「柏木」です。

　頭の中将の長男である柏木は、かねてから女三の宮に想いを寄せていたのですが、女三の宮が光源氏と結婚してしまってショックを受けました。ところが、女三の宮が幸せな結婚生活を送っていないという噂を聞いて、「ならば僕がいただきます！」と熱くなったのです。まだまだ思慮の浅い若者のノリに過ぎません。

　そんなある日、柏木、夕霧、螢の宮らの貴公子たちが六条院で蹴鞠《けまり》をして遊んでいました。「ちょっと休憩しよう」と、柏木がなんとなく女三の宮の部屋のほうを眺めていると、猫が部屋から逃げ出した拍子に御簾が巻き上がって中の様子が見えてしまったのです。

そこには女三の宮が長く美しい黒髪をなびかせながら、気高く可憐な姿で立っていました。さすが無邪気な魔性の女、女三の宮です。

当時の高貴な女性は、外から見られる可能性のあるような場所に不用意に立つことは、まずありませんでした。女三の宮の幼稚さゆえの無防備さ、といえばそれまでですが、それが大変な結果を引き起こしてしまうのです。

女三の宮の姿を見た柏木は、一目で彼女の虜となり、胸焦がるる想いに駆られるばかりです。大人の光源氏には難点に見えた女三の宮の幼い様子も、若い柏木にとっては逆に魅力的に見えます。

二十五歳の柏木と十五歳の女三の宮はベストカップルになれる可能性があります。しかし、相手は光源氏の正妻です。この時、光源氏は「准太上天皇《じゅんだいじょう》」という地位に就いていました。皇位を譲った帝を「太上天皇」と呼ぶのですが、光源氏は臣下なので太上天皇にはなりえません。本当の父親は光源氏だと知った冷泉帝が、仕方なく「准太上天皇」という地位を無理やり作って臣下の光源氏に与えたのです。

とにかくこの時点での光源氏は、とんでもなく高い地位にいたのです。

さすがに准太上天皇の正妻には手が出せず、チャンスを窺うしかない柏木です。想いがかなえられない柏木は、せめてもの慰みに垣間見の折に逃げ出してきた猫を手に入れてかわいがっていました（笑）。

チャンス到来の柏木、光源氏の居ぬまに女三の宮と……

さて月日は流れます。

今度は朱雀院の五十歳の祝賀が行われることになりました。それに先立って行われたリハーサルで、六条院の女性たちによる「女楽（148ページ参照）」が催されます。明石の君は琵琶、紫の上は和琴《わごん》、明石の女御は箏、そして女三の宮は琴を演奏します。

みなそれぞれに趣のある演奏の中にあって、若い女三の宮も光源氏自らの特訓のかいがあって、なかなかの腕前を披露します。しかし、不幸はだいたいこうした素晴らしい出来事の直後に起きるものです。

それまでも体調がすぐれなかった紫の上でしたが、女楽のあと病床に臥《ふ》してしまいます。光源氏は紫の上を彼女の育った二条院に移し、つきっきりで看病することにしました。ということは、六条院には光源氏がしばらく帰ってこないわけです。

柏木にとっては、女三の宮に逢える千載一遇のチャンスです。
柏木は、さっそく小侍従《こじじゅう》※の手引きで六条院に忍び込み、女三の宮に切々と熱き想いを告げ、ついに契ってしまいました。

柏木が目の当たりにした女三の宮の様子は、かわいらしく上品で、このままどこかへ連れ出して二人で姿をくらましてしまいたい、と思うくらいでした。一方の女三の宮のほうは、突然の出来事に驚いて気が動転してしまい、声も出ません。

夜が明けて、思いに乱れる柏木が帰る直前に詠んだ歌に対して、女三の宮は弱々しく返歌するのが精一杯でした。

想いを遂げた柏木でしたが、心中は複雑でした。衝動に駆られて大胆な行動をしたものの、実は小心者で、「准太上天皇・光源氏の正妻を犯してしまった……死罪かも」と恐怖におののき、女三の宮と契る前よりももっと辛く苦しい日々を送ることになりました。

一方の女三の宮も突然の出来事に我が身の不運を嘆き、夫・光源氏に知られるかもしれないとドキドキです。

しかし柏木と女三の宮の二人は、お互いに不安を抱きつつも光源氏が留守をしている間に逢瀬を重ねていきます。柏木の一途な想いとは裏腹に、女三の宮のほうはまだ幼く、その想いを受け止めるだけの力はなく、ついには病を得てしまいます。

※小侍従……女三の宮の乳母子《めのとご》。柏木はこの小侍従を責めて女三の宮への手引きを頼む。母親に代わり貴人の子を養育する女性を「乳母《めのと》」といい、乳母の子どもを「乳母子」という。

女三の宮、懐妊！ その時、柏木と光源氏はどうした？

女三の宮が病気になったと聞いた光源氏は、紫の上の病状を案じながらも、六条院に戻って女三の宮を見舞います。すると、驚いたことに女三の宮は妊娠していたのです。「おかしいな、最近女三の宮とはしてないはずなんだが……」。このあたりの勘はさすがに百戦錬磨の光源氏、この妊娠に対して不審を抱きます。もちろんこの子は柏木との間にデキた子どもです。

そして、ついに真相が明らかになります。

光源氏がなくした扇を寝室で探していると、柏木から女三の宮へ宛てた恋文を偶然発見してしまうのです。それを読んですべてを悟る光源氏……その怒りに震える様子を見ていた小侍従が、柏木と女三の宮に伝えます。怯える柏木は体調を崩し、女三の宮も光源氏の冷たくなった態度に辛い日々を送ることになりました。

光源氏は光源氏で、「若き日に犯したあの罪（義母・藤壺と不義密通して子を作ったこと）の報《むく》いだろうか」、なーんて反省するのですが、そこは自分のことを棚に上げるのが得意な光源氏です。「やはり悪いのは柏木だ」、と開き直って柏木をいじめる作戦に出ます。

舞台は朱雀院五十歳の祝賀の予行演習でのことです。

光源氏に無理やり予行演習に参加させられた柏木は、光源氏から「君は若くていいねぇ。でも君もいつかは私のようなみっともない年寄りになっちゃうんだよ」などとネチネチと陰湿な嫌味を告げられ、さらに冷たい目でにらみつけられます。

そうでなくても罪の重さに耐え切れず病気になっていた小心者の柏木は、この光源氏の言葉と態度でさらに弱り、明日をも知れぬ重病になってしまいます（弱い男ですねぇ）。

一方の女三の宮も、病床の柏木から送られてきた手紙を読んで、犯した罪の重大さにおののき、自らの運命の苛酷さを哀しく思います。柏木に対してはもう何も言いたくありませんでしたが、病身の柏木への憐れみから、なんとか返事だけはしてあげました。

女三の宮が男の子（薫の君）を産んだのは、その返事を書いた翌朝でした。本来なら、夫・光源氏に祝福される男児誕生のはずが、不義の子ゆえにまったく喜ばれることもなく、とりあえず誕生の儀式は行われるものの、光源氏は冷たい態度を取り続けます。そうした態度に女三の宮はいたたまれなくなり、産後の肥立ちも悪く、体調を崩してしまいます。

それを心配して見舞いに訪れた父・朱雀院に女三の宮は出家を願い出ます。娘の重大な過失を知らない朱雀院は、夫婦関係がうまくいっていないことを聞かされ、光源氏の冷淡な態度を恨みつつ、女三の宮を出家させます。女三の宮はまだ二十二歳。実はこの出家もあの六条御息所の死霊のしわざでした。本当に執念深いですねぇ……。

不幸の連鎖は止まらず。出家した女三の宮の晩年

女三の宮の出産と出家を知った柏木は、もはや生きる望みも失って衰弱します。そして最期に親友の夕霧に真相をほのめかすとともに、遺言として、光源氏へのお詫びと妻・女二の宮（落葉の宮）のことを託します。女二の宮は女三の宮の異母姉で、柏木は女三の宮の代わりに女二の宮と結婚していたのです。悲しい男の性《さが》のなせるワザですね。

まもなく、尼になっていた女三の宮のもとに柏木の死が知らされます。それを聞いた女三の宮は、深く胸にしみるものを感じ、こうなるのも前世からの因縁だったに違いないと思いつつも、さまざまな思いに駆られ、涙します。また光源氏も生まれた薫の君のあどけない様子を見ながら、柏木を死に至らしめた自分の言動を反省し、後悔します（遅い）。

『源氏物語』を貫くテーマである「紫のゆかり」の最後の女性・女三の宮の前半生は、不

幸の連続だったといえるでしょう。柏木は死亡し（最大の被害者）、女三の宮は出家（自業自得）、その父・朱雀院も最愛の娘の不幸と若き出家を嘆きつつ亡くなりました（ほぼショック死）。一方の光源氏も後悔の念にさいなまれ、紫の上も光源氏との信頼関係を失って出家願望を強くするのみです。女三の宮の愛のかたちは、運命に翻弄されたあげく、多くの人を不幸にするだけの虚しいものでした。

二年ほど経った夏、女三の宮のために持仏開眼供養《じぶつかいげんくよう》の仏事を行うことになりました。この頃、光源氏はなにかと女三の宮を気遣うのですが、女三の宮のほうは出家後は静かに暮らすことだけを願っていたので、そうした光源氏の態度をうとましく感じます。

秋になり、中秋の名月の折に光源氏が女三の宮のところを訪れ、虫の声の批評をしながら琴を弾きました。光源氏を避け気味だった女三の宮もこの優美な音色には耳を傾けました。優雅な時間が静かに流れるひとときです。

こうして出家後の女三の宮は、光源氏のあたたかな庇護のもとに静かな修行生活に専念し、青年となった一人息子の薫の君を頼りとして平穏な晩年を送りました。前半生の波乱に満ちた人生と比べると、後半生はずいぶんと落ち着いたものだったといえます。

コラム

美しき四人の演奏による「女楽」

朱雀院の五十歳の祝賀に先立って行われたリハーサルで、六条院の美しい四人の女性たちによる合奏（女楽《おんながく》）が催されました。

四人の女性の演奏した楽器と、その音色をまとめてみましょう。

○明石の君（琵琶）…際立った名手。神々《こうごう》しい弾きようで澄み渡る音色。
○紫の上（和琴《わごん》）…当世風ながら、優しく心をそそられるような音色。
○明石の女御（箏《そう》）…可憐でみずみずしい音色。
○女三の宮（琴《きん》）…幼い演奏だが、危なげなく優雅な音色。

演奏が始まると、どの方も見事な演奏でしたが、中でも琵琶の名手・明石の君の音色が際立って聞こえました。その娘・明石の女御は若さ溢れる可憐な音色、女三の宮はまだ若く未熟でしたが、光源氏の特訓のかいがあって、他の三人に劣ることなく演奏できました。

和琴を演奏した紫の上は、優しく魅力的な弾き方で今風の華やかな響きを奏でます。しかし、この女楽のあと、紫の上は病に倒れてしまうのです。この四人での素晴らしい演奏は、一回きりで終了、という残念な結果になってしまいました。

15 大君《おおいぎみ》

真面目で身持ちが固く、生涯独身を通した、薫の君の想い人

光源氏の異母弟・八《はち》の宮《みや》の長女。薫の君（柏木と女三の宮の息子）に求婚されるが父の遺言を守り、軽率な結婚を拒否し、独身のまま若くして世を去る。

舞台は宇治へと移り、光源氏の孫世代が主人公に

光源氏がこの世を去ってから十年の月日が流れました。『源氏物語』の最後の十帖を「宇治十帖」と呼ぶように、舞台は京から宇治（現在の京都府宇治市）へと移ります。次なる主人公は誰に委ねられるのか、そしてヒロインは誰なのかが注目されるところです。

男の主人公は、薫の君と匂の宮の二人です。薫の君は光源氏の晩年の子と世間では言われていますが、実は女三の宮と柏木の不義の子です。薫の君もこの事実にうすうす気がついており、今をときめく貴公子なのに、性格はとってもネクラで真面目な男性です。もう一人の匂の宮は、今上帝（朱雀院の息子）と明石の中宮（光源氏の娘）の息子で、次期東宮候補です。光源氏の血を継いで、自由奔放な性格を持つネアカ男性でした。

薫の君は頭の中将の孫でネクラ、匂の宮は光源氏の孫でネアカ、と対照的な性格をしていて、祖父同士がライバル関係だったように、この二人もライバル同士の設定です。

さて、薫の君が二十歳の頃、ネクラな彼はすでに出家を志しています。彼は男女の恋愛などという世俗的な迷いを捨てたいと思っていました。たまたま親しくしている阿闍梨《あじゃり》か

ら、桐壺帝の第八皇子・八の宮が俗聖《ぞくひじり》となって宇治川のほとりに住んでいることを聞き、「俗体のままで聖になる心構えってどんなものだろう」と興味津々、早速八の宮のもとを訪れて教えを請い、熱心に宇治に通うようになりました。

大君《おおいぎみ》は父の遺言を守って生涯独身？

この八の宮には辛い過去がありました。かつて弘徽殿の女御によって東宮に立てられる計画があったのですが、それは失敗に終わり、政略に利用された八の宮は落魄《らくはく》して宇治に隠棲し、世をはかなんで俗聖となっていたのです。八の宮には大君と中《なか》の君《きみ》という娘二人がいましたが、中の君を産んですぐに妻は亡くなり、今は父子家庭となって失意の日々を送っていました。

薫の君が宇治に通うようになって三年ほどたったある日、八の宮が留守にしている時に薫の君がお忍びで宇治を訪れます。邸に近づくと琵琶の音が聞こえてきたので、薫の君は「これは八の宮の娘たちの合奏にちがいない」と興味を持ち、こっそりと姉妹を垣間見ます。

姉の大君のほうは気品高く優雅な人柄で、妹の中の君のほうは色つや美しく、物柔らかでおっとりしている様子でした。部屋の外から差し込む月明かりに照らされた姉妹の様子はとても美しく、覗き見していた薫の君は感動のあまりめずらしく積極策に出ます。

といっても直接行動に出るのではなく、姉の大君に対して「真面目な男女交際」を申し込んだのです。このあたりが真面目な薫の君らしいところです。

大君は、薫の君の突然の告白にとまどってしまい、気おくれして返事ができません。宇治の山奥の生活で、男性といえば父親しか知らなかった大君には無理もないことです。その後、二人は手紙のやりとりはするものの、恋に発展することはありませんでした。

さて、この一件からほどなくして、八の宮が逝去します。八の宮は大君と中の君に、「頼りになる男ならともかく、つまらない男と結婚するくらいなら、この山里で独り生涯を終える覚悟を決めなさい」と遺言を残して亡くなりました。真面目な大君は父の最期の言葉を守ることにし、独身を貫く覚悟を決めました。

八の宮の死から数か月が経ちました。頼りにしていた父親を亡くし、哀しみにくれている大君を薫の君は何度も見舞います。実は、死期を悟っていた八の宮が薫の君に二人の娘の後見を依頼していたのです。

大君は京から遠い宇治（その距離約十六㎞）までわざわざ訪れてくれる薫の君に少しずつ心を開いていきます。薫の君のほうも大君に対する恋心が次第に大きくなり、何かにつけて大君に迫ります。

しかし大君のほうは心を開くといっても、基本的に独身主義です。薫の君が言い寄ってきても、わざと気がつかないふりをして軽くあしらいます。しかし、経済的に支援してくれる薫の君に対してすげない扱いもできず、大君は困ってしまいます。

薫の君のアタックを必死にかわし続ける大君

考えに考えた結果、大君は薫の君にはっきりと独身宣言をし、自分の代わりに妹の中の君と結婚してほしいと申し出ました。

ところがこの話を薫の君に告げた時、薫の君は大君のあまりの魅力に気持ちを抑えられなくなり、屏風《びょうぶ》を押し開けて御簾の中に入っていきます。ほのぐらい灯火の中で、薫の君は彼女の髪をかき払いながらつややかで美しい顔を間近で眺めました。さすがの真面目な薫の君も自分の衝動を抑えきれなくなって、大君を思わず抱きしめました。

大君はショックのあまり泣いてしまいます。信頼できる「お友だち」だったはずなのに……独身宣言をしたばかりの大君は、必死で薫の君を拒み通して朝を迎えます。男が女の顔を直接見るのは、当時にあっては情交の一歩手前のことであり、この段階で拒み通した大君の芯の強さにも感心しますが、薫の君は詰めが甘いとしか言いようがありません。

こうして最後の一線を越えることなく朝を迎えた二人ですが、大君の身体から匂ってくる薫の君の移香《うつりが》を感じた妹の中の君は、二人が結ばれたものだと勘違いしてしまいます。薫の君は、体中からかぐわしい香りがするという特異体質で、世間から「薫る中将※」と評されていたのです。

あきらめきれない薫の君は、八の宮の喪が明けたあと大君の寝所に忍び込みました。「今度こそ!!」と意気込んでいた薫の君。ところが、それに気づいた大君は、いち早く部屋から逃げて身を隠してしまいます。薫の君は残念に思いつつも、一緒に寝ていた中の君には手を出さず（エライ!!）、二人で夜を徹して語り明かすのでした。

※「薫る中将」……芳香を放つ薫の君に対し、高価な薫物の香りを匂わせて対抗する匂の宮。その二人のことを、世人は「匂う兵部卿、薫る中将」と呼んでもてはやした。

薫の君の小賢しい計略に、怒り心頭の大君

大君にフラれっぱなしの薫の君は、ここで一計を案じます。

「中の君が匂の宮と結婚してしまえば、きっと大君は自分になびいてくれるに違いない」。

そこで薫の君は匂の宮を宇治へと案内し、闇にまぎれて忍び込ませます。ネアカで積極的な匂の宮は見事に中の君を落として結ばれます（こちらはさすがです）。

こうして薫の君の計画通り匂の宮と中の君は結ばれたのですが、大君は怒り心頭です。小賢しい薫の君の計略は、真面目な大君にとって許せないものでした。しかし、二人が結ばれた以上、妹の幸せを願ってこの結婚を認めるしかありませんでした。

ところが、中の君と匂の宮との関係はうまくいきません。匂の宮は東宮候補なので、気安く出歩いて宇治を訪れることができないのです。さらに悪いことに、匂の宮が別の女性（夕霧の六の君）と結婚することになり、中の君は落ち込みます。

匂の宮との関係に苦悩する妹の姿を間近で見て、大君はますます男性不信に陥っていきます。「やっぱり自分は夫を持つ身にはなりたくない。ひととき愛しく思っても、相手との身分格差や浮気などで恨めしく思うこともあるだろう。それよりも静かに一生を終えたい」と、以前にもまして独身主義を貫く覚悟を固めます。

現実の愛の世界へ足を踏み出すことなく、ついに亡くなる

中の君の結婚問題で心労がたえなくなった大君は、ついに病に倒れます。次第に病状が

悪化する中で、出家もかなわず死を予期した大君は、今まで拒絶していた薫の君を枕元に招き、「心のうちを申し上げないまま死んでいくのは、残念でございます。本当は貴方のことを愛しておりました」と、初めて胸の内を明かし、純粋な愛の告白をしました。

大君は薫の君のことをかたくなに拒んでいたものの、本当は好きだったのです。八の宮の遺言さえなければ、二人は相思相愛。幸せな結婚をしていたのかもしれません。しかし、大君は薫の君と結ばれることなく、二十六歳の若さで人生を終えました。

大君は亡くなる直前、苦しい息の下で妹・中の君のことを薫の君に頼みます。薫の君は大君の美しい死に顔を見ながら悲しみにくれ、後悔の涙を流すばかりでした。

大君は、その思慮深さゆえに愛のもつ危険を感知してしまい、現実の愛の世界へ足を踏み出すことはありませんでした。でも、それこそが大君の愛のかたちといえるでしょう。

「宇治」には「憂《う》し」＝「辛い」という意味が掛けられています。政治的な陰謀に巻き込まれた八の宮が娘を連れて都を去り、宇治に移り住んだのも、「憂し」＝「辛い」の世界へとつながっているといえるでしょう。それを体現した一人が大君だったのかもしれません。

16 浮舟《うきふね》

三角関係に悩み自殺未遂、その後、出家した最後のヒロイン

大君の異母妹で、大君に瓜二つ。八の宮が俗聖となったため、認知されず田舎で育つ。薫の君と匂の宮に愛されて三角関係に苦しみ、投身自殺を図るが未遂に終わり、出家する。

『源氏物語』最後のヒロイン・浮舟を巡る三角関係

『源氏物語』最後のヒロインは、薫の君と匂の宮に愛された浮舟《うきふね》です。

全五十四帖のうち、最後の十帖は「宇治十帖」と呼ばれますが、浮舟を巡る三角関係が主題です。浮舟は二人の男性の求愛に対してどのような結論を下すのか、注目のクライマックスです。


さて、物語は宇治の姫君・大君が亡くなったあとから始まります。

薫の君は大君のことを忘れることができず、大君の妹で今は匂の宮の妻になった中の君に亡き大君の面影を追いかけて恋慕します。ついに中の君の袖を取って想いを告げましたが、その時、中の君の妊婦帯を見てしまい、それ以上迫ることができませんでした。

薫の君のアタックがわずらわしい中の君は、大君に似た「浮舟」という女性の存在を薫の君に告げます。浮舟は八の宮と中将の君という女房の間の子どもでした。大君、中の君とは異母妹に当たります。

八の宮と別れた中将の君は別の夫を見つけ、その赴任地常陸で暮らし始めました。ところが、中将の君の再婚相手は連れ子の浮舟を冷遇したので、つい最近、中将の君は浮舟を連れて二人で逃げ、中の君を頼って上京していたのです。

中の君から浮舟の存在を聞いた薫の君は、訪れた宇治で偶然浮舟を垣間見ます。そして、浮舟の容姿が大君に生き写しであることに胸ときめかせます。浮舟の母・中将の君は、薫の君が浮舟に好意を持ったことを知りますが、あまりに身分不相応なため本気にせず、浮舟に分相応な縁談を用意します。ところが、これがなかなかうまくいきません。

まさに波に浮かぶ浮舟。どこまで流されていくのか

困った中将の君は、中の君のもとに浮舟を預けます。妹のことをかわいそうに思った中の君は、人目につかないところで浮舟をかくまうことにしたのですが、勘の良い夫の匂の宮に見つかってしまいました。事情を何も知らないネアカ匂の宮は、いつもの好き者ぶりを発揮して浮舟に言い寄ります。

匂の宮に強引に言い寄られた浮舟は、突然の出来事に恐ろしくて言葉も出ません。浮舟は、このまま匂の宮のものになってしまうのか……と思いきや、乳母がそこに現れて浮舟はなんとか難を逃れます。そして早々に三条にあった隠れ家に移されます。

ここまでの流れを見ればわかりますが、浮舟は自分の意思ではなく、転々と居場所を移されていきます。まさに波に浮かんだ小舟、「浮舟」ですが、これから先いったいどこまで流されていくのでしょうか。

ちなみに浮舟は『源氏物語』に出てくる女性の中で最多の和歌※を詠んでいます。薫の君と匂の宮の間で、いかに浮舟の気持ちが揺れ動いたのかは、それらの和歌を見ればわかります。

浮舟が三条に隠れていることを聞いた薫の君は、さっそく浮舟のもとを訪れ、戸惑う浮舟をよそに強引に新枕を交わします。大君の時は失敗しましたが、「今度こそ!!」の想いが強かった薫の君はここでは実行力を発揮して、ついに願いを成就したのです。

翌朝、薫の君は浮舟を安全な宇治の邸に移します。正妻のいる薫の君にとって、浮舟は所詮愛人に過ぎませんでしたが、浮舟は薫の君を頼るしかないのでした。

そのころ、匂の宮はコトを成就する直前で失敗した謎の美女・浮舟のことが忘れられず、執拗《しつよう》に居場所を探した結果、宇治の薫の君のところにかくまわれていることをつきとめました。「光源氏 vs. 頭の中将」同様、「薫の君 vs. 匂の宮」の戦い、浮舟を巡って恋のバトルが始まります。

※最多の和歌……一位 浮舟・二十六首。二位 紫の上と明石の君・二十三首。四位 玉鬘・二十首。五位 中の君・十九首。ちなみに光源氏は二百二十一首。オミゴトです。

誠実な薫の君、気品の高い匂の宮、どちらを選べばいい？

匂の宮が取った作戦は、薫の君のふりをして忍び込み、浮舟と契ってしまうことでした。誰も疑わないくらい薫の君の声に似せて話したので、作戦は見事に成功します。浮舟が、目の前の男性が薫の君ではなく匂の宮だと気がついて慌てた時には、すでにどうにもできない状態でした。

しかし、最初強引だった匂の宮も、浮舟と契ったあとはとても優しく振る舞います。浮舟は、薫の君とは全く違う匂の宮の激しい情熱に初めて触れ、その愛を真剣なものと受け取りました。そして、急速に匂の宮のほうに心が傾いていきます。

こうして二人の男性と関係を持った浮舟は、薫の君のことを誠実で優しい人だと思う一方で、匂の宮の気品高い美しさは段違いに素晴らしいと感じます。対照的な二人の男性を比べて、一人で三角関係に悩む浮舟でした。

そんなこととはつゆ知らず、薫の君が久しぶりに浮舟のもとを訪れてみると、以前にもましてイイ女になっていることに気がつきます。しかし、それは匂の宮と関係を持ったことで、女性として開眼した浮舟の姿なのです。

匂の宮のほうは、さらに情熱を燃やしてアタックしてきます。浮舟を強引に邸から連れ出して舟に乗せ、宇治川の対岸にある小さな家で二日間にわたって情熱的でエロティックな愛の時間を過ごします。浮舟は薫の君に対する後ろめたさはあるものの、匂の宮への想いを否定できず、次第に愛するようになっていくのです。

三角関係に悩む浮舟、ついに宇治川に身投げする

そうこうしているうちに、浮舟は、とうとう薫の君に匂の宮との関係を知られてしまいます。薫の君からは「貴女は心変わりしてしまったのですね」と恨み節を詠んだ和歌が届けられ、浮舟は精神的に追い詰められていきます。

好きこのんで始まった三角関係ではないにせよ、情けない自らの宿命だと浮舟は思いつめ、二人の男性の間で引き裂かれるような苦しさを感じて、ただ涙を流す日々です。さらに、内情を知る侍女から、「薫の君と匂の宮のどちらか一人に早く決めなされ」と迫られますが、浮舟にはどちらか一人を選ぶことはできません。

両者の板挟みになって悩む浮舟は、死んでしまいたいと思うようになり、ついにある日書き置きを残して、宇治川に身を投げてしまいます。

浮舟が失踪したことがわかると周囲の人々は動転し、宇治川に身投げをしたのではないかと大騒ぎです。しかし、当時自殺は大罪に値します。とにかく自殺の事実を隠すことが先決だということになり、浮舟の亡骸がないにもかかわらず遺品をかき集めて火葬にし、葬儀を早々に終わらせてしまいます。

浮舟の死を知った薫の君と匂の宮は、突然の出来事にショックを隠しきれません。薫の君は浮舟のために屋敷を建築し、匂の宮もこれに対抗して新しい家を用意している最中でした。どちらかの男性に引き取られる直前で、浮舟は自殺する道を選んで二人の前から姿を消してしまったのです。

その後、薫の君は浮舟と匂の宮の関係や入水《じゅすい》の真相を知ると、中将の君を懇ろに見舞って遺族の世話を約束し、四十九日の法要を盛大に営みました。ちなみに病床の匂の宮に恨み言と皮肉を言うのも忘れませんでした（笑）。

浮舟が愛欲の苦しみの果てに自ら選んだ道とは

残された人たちは悲しみにくれるのですが、実は浮舟は生きていました。入水は未遂に終わり、横川《よかわ》の僧都※たちによって助けられていたのです。意識を取り戻した浮舟は素性を明かすわけにもいかず、読経などをして日々を過ごします。

そんな時、別の男性（妹尼の亡き娘の婿）から言い寄られて、いよいよ俗世が厭《いと》わしくなり、出家をしてしまいます。「いろいろあったけれど、仏様は最後に私の願いをかなえてくださった」とばかりに、浮舟の心は晴れやかになりました。まだ二十二歳のことでした。

翌年、浮舟の生存を知った薫の君は涙を流して喜び、僧都に浮舟との仲介を頼みましたが、すでに出家した身の浮舟に破戒の罪を犯させることを恐れた僧都はそれを断りました。

しかし、薫の君の真剣さに心打たれた僧都は、浮舟を出家させたことへの後悔と還俗を勧める手紙を書きました。薫の君は自分が書いた手紙と僧都のその手紙とを浮舟の弟の小君に託して浮舟のところに遣わしました。

小君の来訪を聞いた浮舟は肉親の情に駆られて動揺します。また、薫の君の懐かしい筆跡を見て涙が流れてくるのですが、俗世との関わりを一切絶つことを心に決めていた浮舟は、「人違いです。返事はできませんので、どうぞお帰りください」と必死に答えました。すごすご帰ってきた小君から報告を受けた薫の君は、浮舟の返事を楽しみにしていただけにがっかりしてしまい、ただやるせない気持ちになるのでした……。

これにて「宇治十帖」は終了です。

壮大な『源氏物語』の終わり方としてはあっけなく、ちょっと肩透かしをくらった感はありますが、浮舟は、あの紫の上がかなわなかった「出家」をすることができました。薫の君と匂の宮との間で揺れる小舟に過ぎなかった浮舟が、入水自殺に失敗し、最後の最後に自分で選び取った道は「出家」でした。

浮舟の愛のかたちは、「出家」することで成就しました。つまり、人の世に永遠の愛などなく、愛欲の苦しみの果てに、仏にすがって出家するしかない。これが紫式部の出した愛のかたちの最終結論なのです。

消極的な逃げ道といえばそれまでですが、『源氏物語』の中の女性の多くが、苦しみの果てに出家しています。そこに紫式部が込めた意味は、深いものがあるように思います。

※横川の僧都……比叡山の最も奥にある横川の中堂で、多くの弟子を従え、修行する高徳の僧。

コラム

『源氏物語』で出家した女性

『源氏物語』の中で、出家をした主要な女性についてまとめてみましょう。

・「藤壺」は、右大臣方の攻撃からわが子（東宮）を守るため、そして光源氏からの求愛をキッパリ絶つために出家の道を選びます。二十九歳でした。

・「六条御息所」は、生霊に姿を変え、光源氏が愛する自分以外の女性をたびたび呪い殺してしまいます。そんなわが身を嘆いた末、出家します。三十六歳でした。

・「空蝉」は、光源氏を振り切って夫と任地へ去ったものの、その夫の死後、義理の息子が言い寄ってきました。そんな状況を疎ましく思って出家します。三十七歳でした。

・「朧月夜」は、光源氏との恋愛スキャンダルのあと朱雀院の尚侍となり、朱雀院のあとを追って出家しようとして止められますが、しばらくして出家します。年齢は不詳です。

・「女三の宮」は、柏木との間に不義の子（薫の君）を産み、その罪の意識と柏木の死のショック、光源氏の冷たい態度などに耐え切れず出家します。二十二歳でした。

・「浮舟」は、匂の宮と薫の君の二人のうち一人を選ぶことができず、入水しようとしますが果たせず、横川の僧都によって助けられ、その後出家します。二十二歳でした。

17 桐壺《きりつぼ》の更衣《こうい》

桐壺帝から愛された絶世の美女にして、光源氏の母

楊貴妃《ようきひ》にたとえられるほど美しく、優しい性格の女性。桐壺帝から寵愛され光源氏を産むが、身分が低く強力な後見がいないため弘徽殿の女御のいじめに遭い夭折《ようせつ》する。

桐壺帝に寵愛されたがゆえに嫉妬された桐壺の更衣

五十四帖にも及ぶ壮大な『源氏物語』は、一人の女性が帝の寵愛を受けるところから始まります。この女性は「桐壺の更衣」と呼ばれる人で、『源氏物語』の主人公光源氏を産んだ母上です。彼女は名君の誉れ高き桐壺帝に愛されたがゆえに、短くも波乱の人生を送ることになりました。

桐壺の更衣は、父親の遺言によって宮仕えをはじめたのですが、大納言だった父親がすでに亡くなっていたこともあって身分は高くありません。ところが、楊貴妃（174ページ参照）にもなぞらえられるほどのとびきりの美人で性格も良かったので、桐壺帝から寵愛を受けるようになります。

そして、二人の愛の結晶である玉のように美しい皇子が産まれ、仲良く暮らしましたとさ、めでたしめでたし……と話が素直に進むはずはありません。

当時の宮中では、昼間は帝が女性の部屋に遊びに行き、夜になると気に入られた女性が帝の部屋に呼ばれていくという図式でした。足音が聞こえるたびに、「帝が遊びに来てくださるわ！」と女御や更衣たちが心待ちにしていると、桐壺帝はスタスタと自分の部屋の前を通過して、桐壺の更衣の部屋に行ってしまうのです。桐壺の更衣は身分が低かったので、帝のいる清涼殿からは一番遠い部屋だったのです。

桐壺帝は毎日のように大好きな桐壺の更衣の部屋にばかり遊びに行きます。そうなると面白くないのが、ほかの女御・更衣たちです。中でも桐壺帝の正妻の座を虎視眈々と狙っている弘徽殿の女御は、右大臣の娘でありプライドも格別に高い女性だったので、桐壺の更衣のことを嫉妬し、憎みます。

弘徽殿の女御は、「私より身分が低いくせに帝の寵愛を独占するなんて許せないわ!!」と桐壺の更衣に対して敵意をむき出しにしてきます。桐壺の更衣にはこれといった後見人がいないために、頼れるのは桐壺帝しかいません。桐壺帝も自分を頼ってくるかよわい桐壺の更衣が愛らしくて仕方がなく、ますます愛を深めていき、ついに桐壺の更衣は懐妊します。そして生まれたのが光源氏です。

弘徽殿の女御のいじめによって桐壺の更衣が夭逝

光源氏は、この世のものとも思えないほど美しくかわいらしい子だったので、桐壺帝は今まで以上に桐壺の更衣とその息子を格別にかわいがります。世間では弘徽殿の女御が産んだ第一皇子をさしおいて、光源氏が東宮になるのでは？　などと噂をしはじめました。

そうなると弘徽殿の女御の怒りはピークに達し、桐壺の更衣へのいじめがひどくなりました。以前はせいぜい言葉や態度でのいじめに過ぎなかったのですが、桐壺の更衣が通る廊下にあらかじめ汚物（おそらく「う●こ」など）を撒き散らしておいたり、廊下の戸を閉めて閉じ込めたりと、どんどんエスカレートしていきます。

桐壺帝から寵愛を受けるたびに弘徽殿の女御からの嫌がらせに遭う……もともと体の弱かった桐壺の更衣は、耐えきれなくなってついに病気になってしまいます。桐壺の更衣は里帰りを帝に懇願するのですが、桐壺帝は愛する桐壺の更衣と離れたくないため、「大丈夫だよ、私のそばにいなさい」と言って、桐壺の更衣の部屋を帝の近くに引っ越させるなどの対処はしてくれるものの、お暇は出してくれません。

もちろん弘徽殿の女御たちの陰湿ないじめは続きます。桐壺の更衣の病状はどんどん悪化し、ついに重体になってしまいました。ここにきてようやく里下がりの許可が出たものの、里に帰ってまもなく桐壺の更衣は亡くなってしまいます。年齢は不詳ですがおそらく二十代前半、光源氏はまだ三歳の時です。

桐壺帝の嘆きと、それをあざ笑うかのような弘徽殿の女御

愛する桐壺の更衣を失った帝は、すっかり元気をなくしてしまい、政治も手につきません。なんとか気を取り直した桐壺帝は、桐壺の更衣の実家を気にかけて、腹心の女房である靫負《ゆげい》の命婦を遣わします。

靫負の命婦は、里にいる更衣の母親と二人で、亡き桐壺の更衣の思い出を語りながら涙を流します。桐壺の更衣の母は、強力な後見がないまま宮仕えをする娘の苦労はわかっていました。帝から身に余る寵愛を頂いたばかりに周囲から妬まれいじめられた結果、非業の死を迎えたのだ、とちょっと帝を恨んでいる様子です。

それでも、桐壺の更衣の形見として、装束やかんざしを靫負の命婦に託します。命婦から形見を受け取った桐壺帝は、長恨歌《ちょうごんか》（174ページ参照）の絵を見ながら涙を流し、歌を詠じました。

たづねゆく　まぼろしもがな　つてにても　魂《たま》のありかを　そこと知るべく

【訳】桐壺の更衣の魂を捜しに行く幻術士がいてほしいものだ。そうすれば、人づてにで

も更衣の魂のありかをそこだと知ることができるであろうに。

絵に描かれた楊貴妃に、美しく優しかった桐壺の更衣の姿を重ね合わせながら桐壺帝がしんみりと一人涙している時、あの意地悪な弘徽殿の女御たちが管弦の遊びをして騒いでいるのが聞こえてきて、桐壺帝はとても不愉快になるのでした。

桐壺の更衣の残したたった一首の歌とは

それにしても、はかない桐壺の更衣の人生です。桐壺帝からの寵愛を一身に受け、玉のような皇子を産む……女性としての最高の幸せを手に入れながら、同時に陰湿ないじめに遭い夭逝《ようせい》してしまう、という不幸な結末を迎えるのです。

紫式部は『源氏物語』の中に出てくる女性のほぼ全員を、何らかの形で不幸に陥れる設定にしていますが、この桐壺の更衣も、いくつかの幸せとひきかえにその命を奪われる形で描かれています。

彼女の残した歌はたった一首。しかも、死ぬ間際に詠んだもの、まさに絶唱です。

かぎりとて　別るる道の　悲しきに　いかまほしきは　命なりけり

【訳】定めのある寿命なのだと思ってお別れする死出の道が悲しいばかりですが、本当に私の行きたいのはやはり生きる道のほうでございます。

桐壺帝は返歌できませんでした。ここからも桐壺帝の悲嘆ぶりがうかがえます。また、独詠的にすることで、この歌が桐壺の更衣の辞世の句だととらえることもできます。

桐壺の更衣の愛のかたちは、愛する人を残して死ぬ悲しみといえます。愛する夫、愛する子どもを残して死にたくない、まだ愛し足りていないのに……桐壺の更衣の心の中の悲痛な叫びが聞こえてくるようです。

桐壺の更衣の人生は、果たして幸福だったのか、不幸だったのか……。いずれにせよ、壮大な長編小説『源氏物語』は、ここから始まるのです。

コラム

楊貴妃になぞらえられた桐壺の更衣

『源氏物語』では、桐壺帝と桐壺の更衣との関係を、中国の玄宗《げんそう》皇帝と楊貴妃との関係になぞらえる場面が出てきます。楊貴妃は八世紀の唐の時代の人で、玄宗皇帝が五十六歳の時に、二十二歳で嫁ぎました。

楊貴妃は、古代中国四大美女（楊貴妃・西施《せいし》・王昭君《おうしょうくん》・貂蝉《ちょうせん》）として数えられるほどの美女だったと言われています。玄宗皇帝は楊貴妃に夢中になるあまり、政治をおろそかにしてしまい、やがて国は傾いていきます。

これをきっかけに安史《あんし》の乱が起こり、玄宗皇帝はみずからの決断で、楊貴妃に首吊りを求めることになってしまいました。この時、楊貴妃は三十八歳。これが、彼女が「傾国《けいこく》の美女」と呼ばれるようになったゆえんです。

白居易《はくきょい》（七七二〜八四六）の「長恨歌」は、玄宗皇帝と楊貴妃の離別の恨みを詠ったものです。この「長恨歌」の中に出てくる「比翼《ひよく》の鳥（雌雄が二羽で一体とされる想像上の鳥）」と「連理《れんり》の枝（別々に生えた二本の木が結合して一体となったもの）」は、縮めて「比翼連理」と呼ばれ、男女の情愛が深いことを意味します。桐壺帝は、桐壺の更衣と「比翼連理」を契ったはずじゃないか、と桐壺の更衣の死をひたすら嘆き悲しみます。

18 弘徽殿《こきでん》の女御《にょうご》

光源氏を憎み続けた最大の悪役にして、権力大好きママ

右大臣の娘。桐壺帝に入内して東宮を産む。桐壺の更衣をいじめ殺し、その息子・光源氏を憎んで失脚させた。しかし、父・右大臣が亡くなり、朱雀帝が譲位するに及んで没落した。

『源氏物語』の中で最大の悪役を演じる弘徽殿の女御

弘徽殿の女御は、『源氏物語』の中で最大の悪役といえます。

右大臣の娘である彼女は、桐壺帝が東宮だった時に入内し、後宮で最も格の高い弘徽殿に住み、第一皇子と皇女二人を産みます。この段階で絶対不動の地位を手に入れた彼女ですが、桐壺帝が桐壺の更衣を寵愛し、更衣が光源氏を産むに及んで危機感を募らせます。もしや、自分の息子を差し置いて光源氏が東宮になるのではないか……焦る弘徽殿の女御は桐壺の更衣をいじめて死に至らしめます。

桐壺帝が桐壺の更衣の死を悲しんでいる時も弘徽殿の女御はどこ吹く風。管弦の遊びをして騒いでいたくらいです。「側室（桐壺の更衣）が亡くなった程度でメソメソするなんて、情けない男だわ。とても帝の器じゃないわね!!」とこき下ろす毒妻ぶりです。

桐壺の更衣亡きあと、桐壺帝は、眉目秀麗《びもくしゅうれい》で「神の子」と言われるほどの才能を発揮する光源氏を東宮にしたいと思ったのですが、右大臣を後見に持つ第一皇子を東宮に立て、さらに光源氏の将来を考えて臣籍に下し、「源氏」姓を与えました。

弘徽殿の女御は息子が東宮になるに及んで一安心しますが、光源氏のことを憎みます。

実は自分の息子（東宮）のお嫁さん候補が二回も光源氏に奪われたのです。

右大臣と左大臣とが血縁関係になることを望んだ弘徽殿の女御は、左大臣の娘・葵の上を東宮と結婚させせたかったのに、光源氏の正妻となってしまいました（一回目）。

次に、妹の朧月夜を入内させて東宮の女御にしようと思ったのに、光源氏と関係してしまったのです（二回目）。「泥棒猫め!!」。弘徽殿の女御は激怒します。

さらに弘徽殿の女御にとって悪いことが続きます。

桐壺の更衣に生き写しと言われた藤壺が桐壺帝の寵愛を得て息子を産み、中宮になってしまったのです。「なぜ私を中宮にしないのよ～!!」と弘徽殿の女御は怒りますが、藤壺には強力な後ろ盾があったので手が出せず、ぐっと我慢して次のチャンスを待ちます。

弘徽殿の大后の人生の光と影

やがて自分の息子が朱雀帝として即位し、「皇太后（弘徽殿の大后）」となるに及んで、いよいよ自分たちの時代よ!! とばかりに右大臣一派の横暴が始まります。

弘徽殿の大后（女御）のモデルは、国母となって摂関政治全盛の基盤を築いた醍醐天皇の中宮藤原穏子《ふじわらのおんし》（八八五～九五四）と言われています。穏子同様、弘徽殿の大后は国母として政治に介入し、大きな発言力を持ちました。

その後、妹の朧月夜との密会スキャンダルをネタに、ついににっくき光源氏を失脚させることに成功しますが、光源氏が須磨・明石へと退居している間に、父・右大臣が亡くなり、朱雀帝も弘徽殿の大后も病に倒れてしまいます。

息子の朱雀帝が冷泉帝にアッサリ譲位したことで形勢は逆転。右大臣一派は衰退し、代わりに光源氏と左大臣一派が表舞台に返り咲いて大活躍……「あぁ、いたずらに長生きなどするから、こんな惨めな思いをするのだわ」と弘徽殿の大后は嘆きますが、もはや万事休す、彼女は役割を終えて物語から去っていくのでした。

弘徽殿の大后の愛のかたちは、権力欲に取り憑かれた「自分さえよければ」という独善的なものに見えますが、彼女の置かれていた立場や、母として息子を思う気持ちを考えると、彼女のやったことは理解できなくはありません。

なにより弘徽殿の大后は、強く、負けない女性です。彼女は男性の浮き沈みによって人生が上下するような女性の生き方を恥ずかしく思い、運に左右されないためには実力をつけるべきだと主張し、実行しました。

弘徽殿の大后は『源氏物語』の中では悪役を演じさせられていますが、現代に生まれていれば、バリバリのキャリアウーマンとして出世したのではないでしょうか。

10分で読める『源氏物語』のダイジェスト

❶「桐壺」～「空蝉」　光源氏誕生前後～十七歳

桐壺帝の御世、大勢の女御、更衣がお仕えしていた中に、それほど高貴な身分ではないのですが帝の寵愛を一身に受ける女性がいました。これが光源氏の母、**桐壺の更衣**です。彼女は他の女御や更衣たちから疎まれ、中でも右大臣の娘・**弘徽殿の女御**には、完全に目の敵《かたき》にされていました。しかし、桐壺帝はますます桐壺の更衣を寵愛し、その結果、玉のように美しい男の子が生まれました。これが**光源氏**です。

桐壺の更衣は弘徽殿の女御のいじめに耐え切れず、光源氏が三歳の時に亡くなってしまいました。その後、桐壺帝の女御として桐壺の更衣と瓜二つの**藤壺**が入内します。幼い光源氏は藤壺を義母として慕ううちに、次第に恋心へと発展していくのでした。

光源氏は十二歳で元服し、左大臣の娘・**葵の上**（十六歳）と結婚しますが、これは政略結婚にすぎず、夫婦の仲は良くありませんでした。葵の上に親しみが持てない光源氏は、義母・藤壺への恋心を募らせるのでした。

②「夕顔」〜「末摘花」光源氏十七〜十九歳

十七歳になった光源氏は、葵の上との夫婦関係がうまくいかず、恋愛を楽しむプレイボーイになってゆきます。夫のいる**空蝉**との恋は、はかないものに終わったものの、**六条御息所**との恋愛は本格的なものでした。彼女は亡き東宮の妃で、今は未亡人の身ですが、美貌と教養を兼ね備えた才色兼備の女性でした。光源氏は、はじめその魅力の虜になりましたが、六条御息所の嫉妬深い性格に嫌気がさして、次第に足が遠のいてゆきます。

そんな時、光源氏は**夕顔**と出会います。彼女は源氏の義理の兄・**頭の中将**のかつての愛人であり、娘も生まれていましたが、正妻にいじめられたため、五条の家に隠れ住んでいました。

光源氏と夕顔は、互いの素性を隠したまま逢瀬を重ねるうちに、しだいに深く愛し合うようになります。しかし、ある日悲劇が起きます。光源氏が夕顔を連れ出した夜、眠っているところに嫉妬に狂った六条御息所の物の怪が現れ、突然夕顔を殺してしまうのです。光源氏は泣く泣く夕顔を葬り、落ち込んで病に伏せるのでした。

③「紅葉賀」～「花散里」 光源氏十八～二十五歳

夕顔の死後、光源氏はまだ十歳の**紫の上**と偶然に出会い、引き取って理想の妻とするべく教育をします。同じころ光源氏はついに義母・**藤壺**と契り、藤壺は光源氏の子（のちの冷泉帝）を身ごもってしまいます。光源氏の父・桐壺帝は真実を知らず、一方光源氏と藤壺の二人は、不義密通の罪を心に背負うのでした。

数年後、賀茂祭（＝葵祭）の見物の時に、**葵の上**と**六条御息所**が車の場所取り争いを起こします。この争いに敗れて惨めな思いをした六条御息所は、葵の上が光源氏の息子・**夕霧**を出産する時に、生霊となって葵の上に襲いかかり、殺してしまいます。ようやく光源氏と葵の上との間に、夫婦の絆ができたと思った直後の死でした。葵の上の死後、光源氏は正式に紫の上と結婚します。光源氏二十二歳、紫の上十四歳の時のことでした。

光源氏には、二十歳のころから始まったもう一つの恋愛がありました。相手は右大臣の六の君、**朧月夜**です。彼女はあの政敵・弘徽殿の女御の妹であり、朱雀帝の尚侍だったので、光源氏が手を出すには危険すぎる相手でした。果たして二人の関係が右大臣側に見つかり、光源氏は厳罰が下る前に自ら田舎に退居しようと決意し、愛する紫の上や藤壺に別れを告げてひとり須磨に退居するのでした。

④「須磨」〜「明石」 光源氏二十六〜二十八歳

須磨でのわびしい生活が始まって一年が過ぎた頃、光源氏は早く都に帰れるようにと海岸でお祈りをしていました。すると、空がにわかにかき曇り、暴風雨が数日続いたある晩、光源氏の夢の中に亡き父・桐壺院が現れて須磨を去るように諭《さと》しました。

翌朝、明石に住んでいた**明石の入道**が、同じく夢のお告げを受けて光源氏を迎えに現れ、それを機に光源氏は明石に移り住みました。そして明石の入道の猛烈なアプローチにより、娘の**明石の君**と結婚します。明石の入道は、もともと都人であり高貴な身分だったので、娘の明石の君には高貴な男性と結婚して玉の輿に乗るよう英才教育をしていたのです。明石の君は光源氏の予想以上に美しく、性格も穏やかで健気な女性だったので、光源氏はすぐに夢中になり、その結果明石の君は光源氏の子をめでたく懐妊します。

一方、光源氏が明石で幸せな生活を送っていたころ、都では天変地異などの異変が続いていました。亡き桐壺院の祟りを恐れた右大臣一派は、仕方なく光源氏を京に呼び戻すことにするのでした。

⑤「澪標《みおつくし》」～「少女《おとめ》」光源氏二十八～三十五歳

都に戻った光源氏は、順調に地歩を固めてゆきます。明石では、**明石の君**が姫君を無事に出産し育てていましたが、光源氏は姫君の将来（のちに中宮になる）のことを考えて、都に呼び寄せ、**紫の上**の養女として育てることにします。明石の君は、娘の将来を考えて泣く泣く姫君を手放しました。一方、紫の上は姫君を養育することで、明石の君への嫉妬から少しずつ解放されていきます。

光源氏三十三歳のころ、息子の**夕霧**（葵の上との子）が元服しました。左大臣の孫にもあたる夕霧でしたが、光源氏の考えで、あえて六位の位にとどめられ、大学に行くことになりました。夕霧は二条東院に移り、光源氏の妻の一人である**花散里**のもとで勉強するようになります。

それまで夕霧は、母・葵の上の死により祖母の大宮《おおみや》（左大臣の妻）のもとに預けられていたため、内大臣（もと頭の中将）の娘の**雲居《くもい》の雁《かり》**と一緒に育てられていました。二人は幼いころから互いに恋心を抱いていましたが、内大臣に一度は仲を引き裂かれてしまいます。しかし、その後二人は愛を貫いて無事に夫婦となります。

順調に太政大臣にまで出世を果たした光源氏は、三十五歳の秋にこの世の極楽ともいえる六条院を完成させました。光源氏は愛する女性たち（紫の上・明石の姫君・花散里・秋好中宮・明石の君）を六条院に集め、春夏秋冬の町に配置するのでした。

⑥「玉鬘」〜「藤裏葉《ふじのうらば》」光源氏三十五〜三十九歳

六条院が完成し、光源氏の周囲は幸せの絶頂のころ、筑紫に下っていた亡き夕顔の娘・**玉鬘**が、多くのむさ苦しい田舎男たちからの求婚から逃れるために上京していました。一方、出世を果たした光源氏は、夕顔の忘れ形見の娘の存在が気に掛かっていました。

また、かつて夕顔に仕え、夕顔の死後は光源氏に仕えていた侍女右近も、玉鬘のことを気に掛けていました。そして、偶然にも上京していた玉鬘と侍女右近とが劇的な再会を果たし、玉鬘は光源氏によって六条院に引き取られるのでした。

その後二十三歳にして裳着（女子の成人式）を済ませた玉鬘は、ここで実の父親である内大臣（頭の中将）と感動の対面をします。美しい玉鬘をめぐっては、**螢の宮**（光源氏の弟）、**柏木**（内大臣の息子）、**冷泉帝**（光源氏と藤壺の息子）、**夕霧**など、多くの貴公子がアタックをかけますが、意外にも、無骨者で妻もいる**鬚黒の大将**が強引に玉鬘をものにしてしまいます。玉鬘ははじめこそショックを受けますが、鬚黒の大将が誠実で良い人だったので次第に心を開き、子どもにも恵まれて幸せな結婚生活を送るのでした。

四十歳を前に、光源氏の栄華は頂点を迎えます。**明石の姫君**が東宮に入内し、光源氏は天皇を退位した人に匹敵する処遇である「准太上天皇」の位を受けました。ここまでの三十三帖で第一部が終わります。

⑦「若菜上《わかなじょう》」～「幻」光源氏三十九～五十二歳

光源氏三十九歳のある日、異母兄・朱雀院から十三歳の**女三の宮**と結婚してほしいと頼まれます。朱雀院は自らの出家を前に、最愛の娘・女三の宮の花婿として最適な人物が見つからず、そこで思いついたのが今や准太上天皇にまで上り詰めた光源氏でした。光源氏は女三の宮との年齢差や、愛する紫の上の存在を考慮して断ろうとしますが、女三の宮が想い人である藤壺の姪だったこともあって、結局この結婚を引き受けてしまいます。

こうして、幼い女三の宮が光源氏の正妻として六条院に降嫁することになりました。藤壺の姪と聞いていたので期待していた光源氏でしたが、性格も幼稚な女三の宮には愛情が持てず、比べてみるに、幼いころから聡明だった紫の上の素晴らしさを再認識し、深い愛情を感じるようになりました。

一方、紫の上は光源氏への信頼感を失っていき、出家を考えるのでした。やがて紫の上は心労がたえなくなり、ついに病床に伏してしまいました。光源氏がつきっきりで紫の上の看病をしていると、あの六条御息所の死霊が現れ、光源氏に恨み言を言うのでした。

一方別のところでは、内大臣の息子である**柏木**が、この結婚にショックを受けていました。柏木は蹴鞠で遊んでいる最中に女三の宮を垣間見て以来、女三の宮に恋心を抱いていたのです。そして光源氏が紫の上の看病で六条院を留守にしている間に、柏木は女三の宮を無理やり犯してしまい、その結果女三の宮は柏木の子を身ごもってしまいます。

柏木からの手紙を見つけて真実を知った光源氏は、自分が若いころ藤壺と犯した罪を思い出して因果応報を感じますが、柏木を許しきれず、柏木に嫌味を言っていじめます。柏木は光源氏にバレたことを察し、罪の意識から重病に倒れてしまいました。その後、女三の宮は**薫の君**を出産しますが、罪の意識と光源氏の冷淡な態度に耐えきれず出家してしまいます。一方の柏木も、もはや生きる気力を失い、そのまま死んでしまいました。

光源氏五十一歳の秋、紫の上が亡くなります。最愛の妻を失った光源氏は出家の決意を固め、紫の上と交わした手紙を燃やし、二人の思い出を永遠のものにします。光源氏の死は本文には書かれておらず、巻名「雲隠《くもがくれ》」のみが存在し、ここで第二部が終わります。

❽「匂宮」～「夢浮橋《ゆめのうきはし》」 薫の君十四～二十八歳

第三部は光源氏の死後、主人公を光源氏の孫の世代、**薫の君**と**匂の宮**に移して書かれています。特に最後の十帖（「橋姫」～「夢浮橋」）を「宇治十帖」といいます。

薫の君は光源氏の晩年の子とされていますが、本当は女三の宮と柏木の不義の子でした。つまり、頭の中将の孫に当たる人物です。薫の君は母・女三の宮が若くして出家していることを不審に思い、自らの出生の秘密についてうすうす気がつき、とても悩んでいました。

一方、匂の宮は今上帝と明石の中宮の息子で、幼いころは紫の上に育てられていました。つまり、光源氏の孫に当たる人物です。匂の宮は何かと薫の君に対抗心を燃やし、薫の君が体から発散させる不思議な香りに対抗して、いつも高価な香を服にたきしめていました。

薫の君は、自分と同じように出家を志す宇治の八の宮との親交を深め、宇治に通うようになります。八の宮は光源氏の異母弟ですが、政治的陰謀に巻き込まれ、今は落魄して宇治に住んでいました。その後、八の宮は薫の君に二人の娘の後見を依頼し他界します。

薫の君は二人の姉妹の世話をするうちに姉の**大君**に恋し、求婚しますが、大君は軽率な結婚をしてはならないという父の遺言を守って断ります。薫の君は貞操の固い人君と結婚するため、匂の宮を手引きして**中の君**と契らせ、結婚させてしまいます。

薫の君は、妹が結婚すれば大君が自分になびいてくれるだろうと考えたのですが、大君としては、薫の君は中の君と結婚してほしいと願っていたので、薫の君の計略を知り、怒りと哀しみを募らせます。さらに、結婚した妹・中の君と匂の宮との関係がギクシャクしていくのを見るにつけ、心配で病気になり、二十六歳の若さで亡くなってしまいます。

その後、薫の君は亡き大君にそっくりな大君の異母妹・**浮舟**を見つけて愛するようになります。ところが、浮舟が異母姉である中の君を頼って二条院を訪れている時に、匂の宮に見つかってしまいます。多情な匂の宮に襲われかけた浮舟は、何とかその場は逃れたものの、結局は匂の宮に押し切られ、関係を結んでしまいます。

三角関係に陥った浮舟は、静かで優しく自分を包み込んでくれる薫の君と、感情にまかせて情熱的に愛し合うことができる匂の宮との間で苦悩し続け、どちらを選ぶこともできず、ついに宇治川で入水自殺をはかります。

愛する大君を亡くし、さらには浮舟まで亡くした薫の君は、深く落ち込んでいましたが、浮舟の生存情報を聞きつけ、浮舟の弟を使者として送ります。しかし、浮舟は助けられた僧都たちによってすでに出家をしており、薫の君の手紙を見て一瞬心は揺らぐものの、結局使いの弟にも直接会おうとはしないのでした。

平安時代の貴族文化を理解するための基礎知識

平安時代の貴族の結婚制度　その壱　～男女の出会い～

平安時代の結婚制度は、現代のものとはかなり違います。貴族の女性の成人式である「**裳着**《もぎ》」は十二歳～十四歳前後に行われ、それは娘を結婚させようとする親の意思表示でした。

当時、貴族の女性は、貴族の男性に顔を直接見せることはありませんでした。そこで結婚適齢期を迎えた女性の場合、親や女性に仕えている女房などが、その女性の好ましい噂を世間に流したりしました。

その噂を聞きつけた男性は、気になる女性の容貌をなんとか覗き見し（**垣間見**《かいまみ》）、噂話が本当かどうか情報の収集に努めます。通常、男女の交際は、その女性に興味を持った男性からの**和歌**で始まります。和歌を贈られた女性は返歌をするわけですが、男性からの和歌を親がチェックして娘にふさわしい男性かどうか判断したり、返歌も本人ではなく、親や仕えている歌の上手な女房などが代詠《だいえい》したりする場合がありました。

女性がより身分の高い男性と結婚することは、一族の繁栄がかかっているので、女性の一存だけで結婚は決められなかったわけです。こうして何度か和歌をやりとりしたあと、女性に脈があるとなると、男性はその女性に仕える女房や兄弟などの身内を味方に付け、手引きをさせました。

平安時代の貴族の結婚制度　その弐　〜結婚の成立〜

当時は、男性が女性のところに三日連続して通うと結婚が成立しました。基本的には日時を打ち合わせたのち、男性は女性のもとを訪れます。

初日の夜、男性は忍んで女性のもとを訪れ、契り（肉体関係）を結びます。男性が訪れた翌朝を「**後朝**《きぬぎぬ》」といい、契りを結んだ男性は早朝暗いうちに自分の家に戻るのですが、なるべく早く「後朝の文《ふみ》（手紙）」を送ることで、女性への愛情を示しました。

これに対して女性もなるべく早めに返事をします。ただし、ここで女性の立場が弱かったり、男性が女性を気に入らなかったりした場合は、男性が二日目以降通ってこない場合もありました。どのような家の婿になるかで、その後の人生が大きく左右されるので、女性の親の「後見人（**後ろ見**）」としての力を男性としても見極める必要がありました。

男性が女性のもとに通うこと三日目の夜、二人は餅を食べてお祝いをします。これを**「三日夜餅《みかよのもちい》」**といいます。これが済むと、女性の邸宅において宴会が催されます。これを**「所顕《ところあらわし》」**といい、男性は女性の両親らと対面して正式に「結婚」が成立します。

平安時代の貴族の結婚制度　その参　〜結婚後の二人〜

こうしてすべての儀式が終わって女性は男性の正式な妻となるのですが、これだけでは安心できませんでした。というのも、当時は「一夫多妻制」なので、男性はまったく同じ手順を踏んで別の妻を持つことが許されていたのです。これは当時、夫が妻の実家に通う**「通い婚（妻問婚《つまどいこん》）」**が一般的だったがゆえに可能でした。

たとえば、光源氏の場合は、母・桐壺の更衣から受け継いだ二条院を本邸としながら、葵の上の住む左大臣邸に通っていました。そのうえで他の妻のもとにも通い、いわゆる重婚生活を送っています。そこで、女性の親は、娘婿が逃げ出さないように、衣食住の世話をするなどして心を砕くのですが、突然、娘婿が家に来なくなってしまうこともあります。

妻のもとに夫が通ってこなくなることを**「夜離《よが》れ」**といい、これが半年も続くと、妻から離婚を申し出ることが許されました。当時は法的な手続きを必要としていなかったので、単純に夫が妻の家に住まなくなるか通わなくなることで離婚が成立したのです。当時、「夜離れ」に苦しむ女性も多く、たとえば、藤原道綱母《ふじわらのみちつなのはは》は、夫の藤原兼家がなかなか自分のところに通ってこないがために、愛執《あいしゅう》に苦しむ気持ちを『蜻蛉《かげろう》日記』の中に吐露しています。

平安時代の貴族の結婚制度　その肆　～正妻と普通の妻との違い～

一夫多妻制の妻の中で、「正妻」になりえたのは一人です。基本的には親の身分が高い妻が正妻になりました。当時の貴族は「婿取り婚」だったので、女性の実家、特に父親の経済力・権力が娘を婿の「正妻」として迎え入れてもらえるかどうかの鍵を握ったのです。はじめは「通い婚」ですが、のちに同居する場合が多く見られました。「正妻」のことを別の言い方で「**北《きた》の方《かた》**」と言いますが、これは夫の家に同居することになった時に、寝殿造りの「北《きた》の対《たい》」を住まいにしたことから、「北の方」「北の対」と呼ばれるようになったものです。

光源氏の場合を見ても、正妻になったのは葵の上（左大臣の娘）と女三の宮（帝の娘）の二人だけなので、やはり妻の父の経済力・権力がポイントになっているのがわかります。『源氏物語』の最大のヒロインである紫の上は、「三日夜餅」の儀式はしましたが、実家で行うはずの「所顕」の儀式は行っていません。これは、紫の上を光源氏が強引に自邸に連れてきたためであり、妻の実家の影響がない特殊なケースといえます。

そのため、紫の上は、光源氏と長く同居をしていましたが、あくまで正妻格であって正妻ではありませんでした。晩年、光源氏にわずか十四歳の女三の宮が「正妻」として降嫁してこられたのはそのような理由もありました。

平安時代の貴族の結婚制度　その伍　～摂関政治の背景～

当時の貴族は「**婿取り婚**」で、婿を迎えた妻の家では、その日から婿の世話を一切引き受けます。『源氏物語』の中でも、光源氏を婿に迎えた左大臣家が、日々の食事から、衣服や外出時の従者の世話までしています。また、生まれた子ども妻の実家で育てるのが普通でした。当時は今よりも婿と舅《しゅうと》との関係が親密で、その逆に嫁と姑《しゅうとめ》とは顔を合わす機会がないため、嫁姑のいざこざはほぼ皆無でした。

女性の親の影響が強いことは、当時の摂関政治にも反映されています。娘を入内させることで帝の義理の父となって政治を補佐する形が「**関白**《かんぱく》」であり、さらに娘が帝の子ども（皇子）を懐妊すれば、里に下がって出産し、娘の父が外祖父として大切に育てるため、そのまま外祖父が**「摂政」**となるのが自然でした。

これを最大限に利用したのが、紫式部が仕えた中宮彰子の父、藤原道長でした。道長は、中宮彰子を一条帝に入内させ、生まれた二人の皇子の摂政として藤原氏の栄華を極めた人でした。『源氏物語』においても、明石の君の姫君を光源氏が引き取り、紫の上に育てさせるとともに、光源氏が強力な後ろ見となり、姫君を「女御」として入内させ、そののち「中宮」にまで上り詰めさせています。

この場合、母親が明石の君のままだと母親の身分が低いため、姫君は「女御」として入内できない可能性がありました。また、六条御息所の娘（元斎宮）を引き取った光源氏は、こちらも「女御」→「中宮」と頂点を極めさせているのですから（梅壺の女御→秋好中宮）、いかに光源氏の「後ろ見」としての力が強力だったかがわかります。

平安時代の女性貴族の身分（天皇の皇妃の位）

『源氏物語』の中で、宮中に登場する女性たちの身分（天皇の皇妃の位）について、それぞれがどんな役割をしていたのか説明しておきましょう。

・**「皇太后」**……前天皇の皇后、あるいは現天皇の生母。

・「**皇后**」……天皇の正妻。天皇の妻のうち立后《りっこう》された正妃《せいひ》。地位的には「皇后」＝「中宮」で、「皇后」の別称である「中宮」のほうが天皇の正妻としては通称となっていた。

・「**中宮**」……天皇の正妻。基本的に一人の天皇に一人の中宮。複数になった場合は、先に中宮になった女性が「皇后」となる。地位的には「皇后」＝「中宮」で、複数いる女御の中から選ばれる。内裏《だいり》の中央の宮に住むことから付けられた呼び名。

・「**女御**」……「中宮（皇后）」に次ぐ位の後宮女官の称。複数存在する。摂政・関白・大臣クラス（従二位以上）の父親の娘。平安中期以後は中宮（皇后）に立てられる者も出た。

・「**更衣**」……「女御」に次ぐ位の後宮女官の称。複数存在する。天皇の着替えに奉仕したことに由来する。大納言（正三位）以下の父親の娘。

・「**尚侍**」……宮中の礼式を司る「内侍司《ないしのつかさ》」に属しながら帝に仕えた女官のトップ。帝の寵愛を受けることもあり、その場合は「更衣」の次の位にあたる。

・「**御息所**」……女御、更衣の総称。時に尚侍を含めた後宮の女性を指す。

部屋の中の目隠しの調度類（「御簾」「几帳」「屏風」）

平安時代においては、男性と女性は直接相対することはほとんどなく、同じ部屋にいても「御簾《みす》」や「几帳《きちょう》」や「屏風《びょうぶ》」などによって隔てられています。もちろん声は聞こえ、時に長い黒髪の末端や、着物の裾の端っこなどが見える場合がありますが、あくまで間接的に相手の様子を窺うしかありませんでした。

お互いに直接相手の容姿を見られるのは、男女の契り（肉体関係）を結ぶ時に限られます。しかし、その契りの時すらも部屋の中は真っ暗で、明かりといえば射し込む月明かりくらいしかありませんでした。

こうした事情を踏まえて読むと、不美人の代表である「末摘花」と光源氏が契ったあとも、なぜ光源氏が彼女のことを不美人だとわからなかったかが理解できます。

光源氏が末摘花の顔をはじめて見たのは、外の雪景色を一緒に見ようと部屋の格子を上げた時でした。また、螢の宮が玉鬘の横顔を偶然見ることのできた場面で、明かりの役割を果たしたのは、光源氏が部屋に放った多数の蛍の光でした。

平安貴族の女性はなかなかその姿を男性には見せなかったわけですから、男性は「あの令嬢は美人だ」との噂に胸躍らせ（時に「垣間見」し）、和歌を交わし合うことで相手の教養をはかり、御簾や几帳越しに話をすることで、意中の女性の雰囲気や自分への想いの程度を知るわけです。今から見れば、ずいぶんまどろっこしい話ですが、そうした中で繰り広げられる恋愛模様の中にも、今に通じる普遍的な男女の想いがあります。

あとがきに代えて――『源氏物語』の冒頭文を味わう

『源氏物語』の冒頭にあたる「桐壺」の巻は最初に書かれたわけではない、というのが定説ですが、いずれにせよ紫式部がこの壮大な物語の冒頭にふさわしい文章として、気持ちを込めて書いたと感じさせる名文です。

『源氏物語』の冒頭文を紹介してこの本を終わりたいと思います。原文を声に出して読んでいただければ、その名文ぶりがよりいっそうわかると思います。

いづれの御時《おおんとき》にか、女御《にょうご》、更衣《こうい》あまたさぶらひたまひける中に、いとやむごとなき際《きわ》にはあらぬが、すぐれて時めきたまふありけり。

【訳】いつの帝の御代《みよ》のことであったか、帝の後宮に女御や更衣が大勢お仕えしておられた中に、それほど高貴な家柄のご出身ではない方ではあるが、帝に誰よりも愛されていらっしゃる方があった。

二〇二三年一一月

板野博行

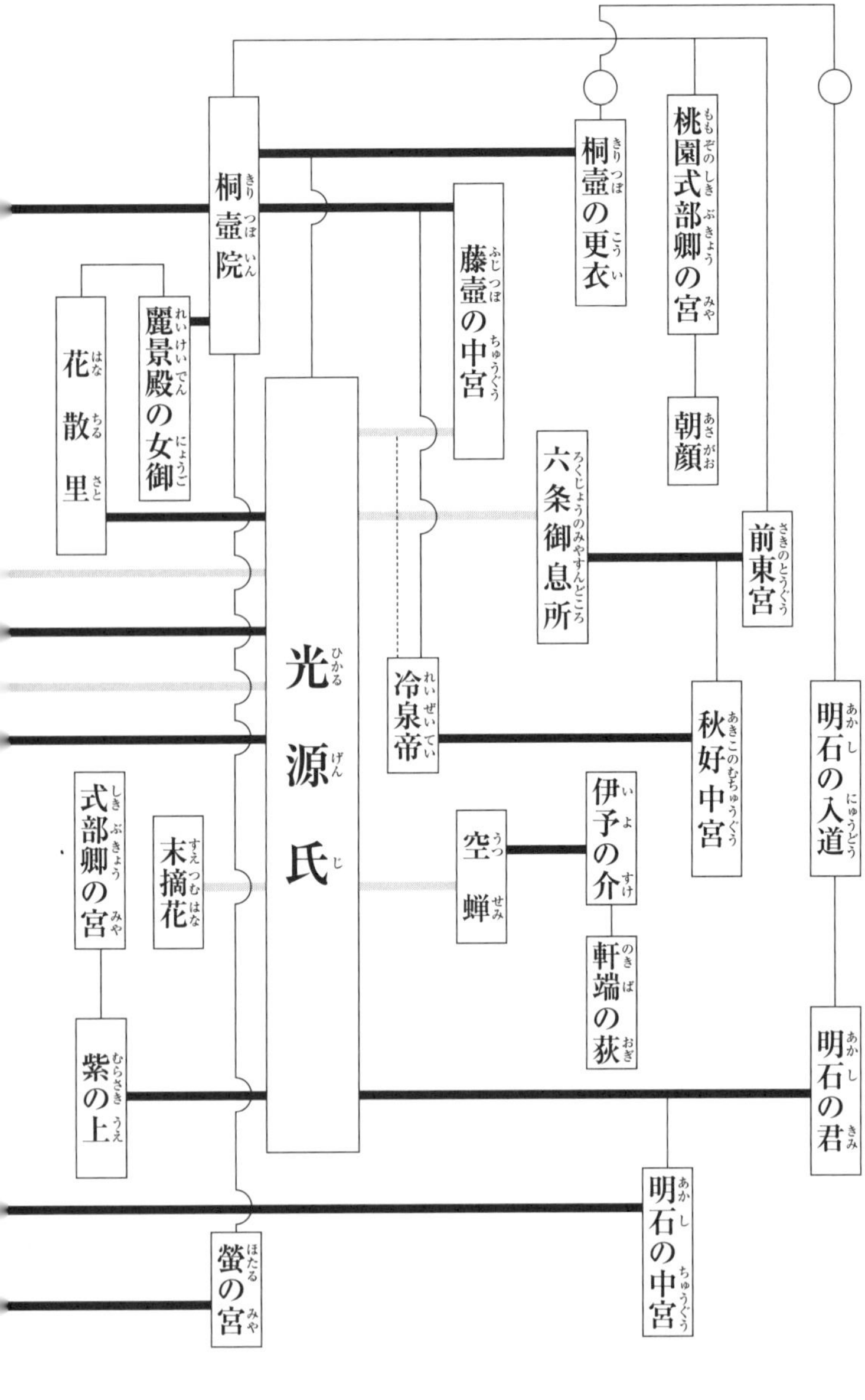
明石の入道《あかしのにゅうどう》
明石の君《あかしのきみ》
桃園式部卿の宮《ももぞのしきぶきょうのみや》
朝顔《あさがお》
前東宮《さきのとうぐう》
秋好中宮《あきこのむちゅうぐう》
桐壺の更衣《きりつぼのこうい》
六条御息所《ろくじょうのみやすんどころ》
伊予の介《いよのすけ》
軒端の荻《のきばのおぎ》
明石の中宮《あかしのちゅうぐう》
藤壺の中宮《ふじつぼのちゅうぐう》
空蝉《うつせみ》
冷泉帝《れいぜいてい》
光源氏《ひかるげんじ》
桐壺院《きりつぼいん》
螢の宮《ほたるのみや》
麗景殿の女御《れいけいでんのにょうご》
末摘花《すえつむはな》
花散里《はなちるさと》
式部卿の宮《しきぶきょうのみや》
紫の上《むらさきのうえ》

『源氏物語』第一部・第二部　相関関係図

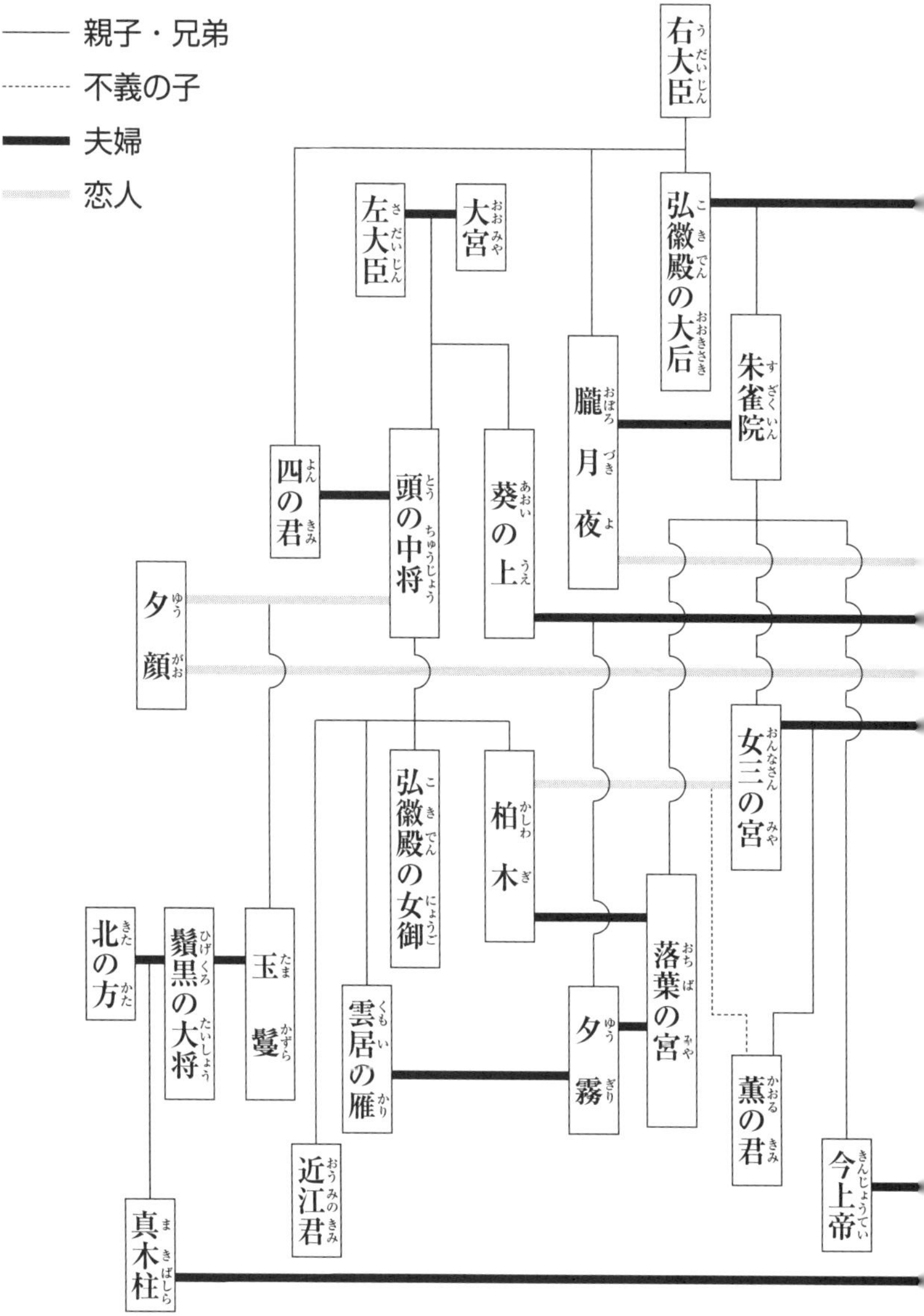

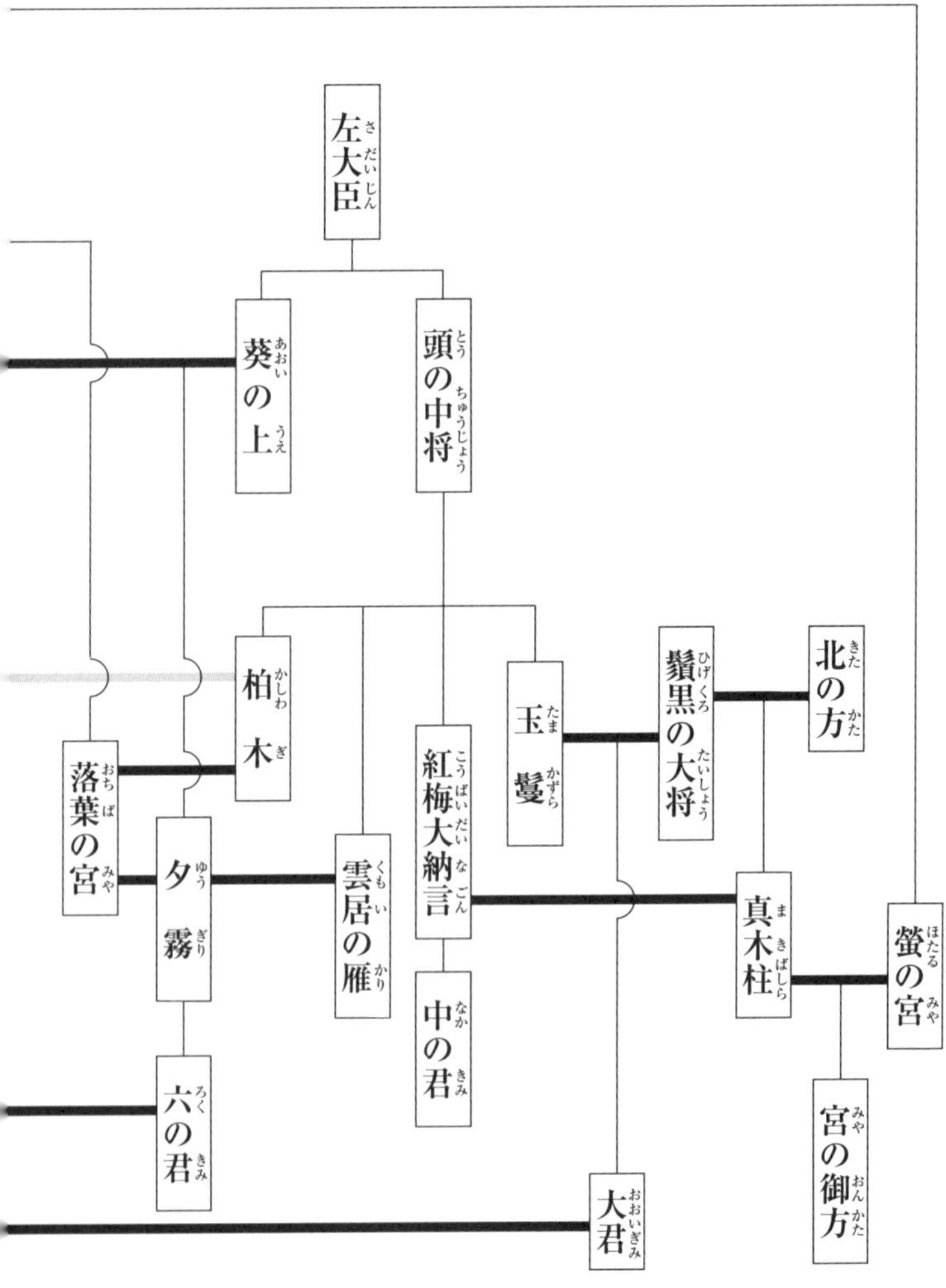
左大臣《さだいじん》
葵《あおい》の上《うえ》
頭《とう》の中将《ちゅうじょう》
柏木《かしわぎ》
玉鬘《たまかずら》
鬚黒《ひげくろ》の大将《たいしょう》
北《きた》の方《かた》
落葉《おちば》の宮《みや》
夕霧《ゆうぎり》
雲居《くもい》の雁《かり》
紅梅大納言《こうばいだいなごん》
真木柱《まきばしら》
螢《ほたる》の宮《みや》
中《なか》の君《きみ》
六《ろく》の君《きみ》
大君《おおいぎみ》
宮《みや》の御方《おんかた》

『源氏物語』第三部　相関関係図

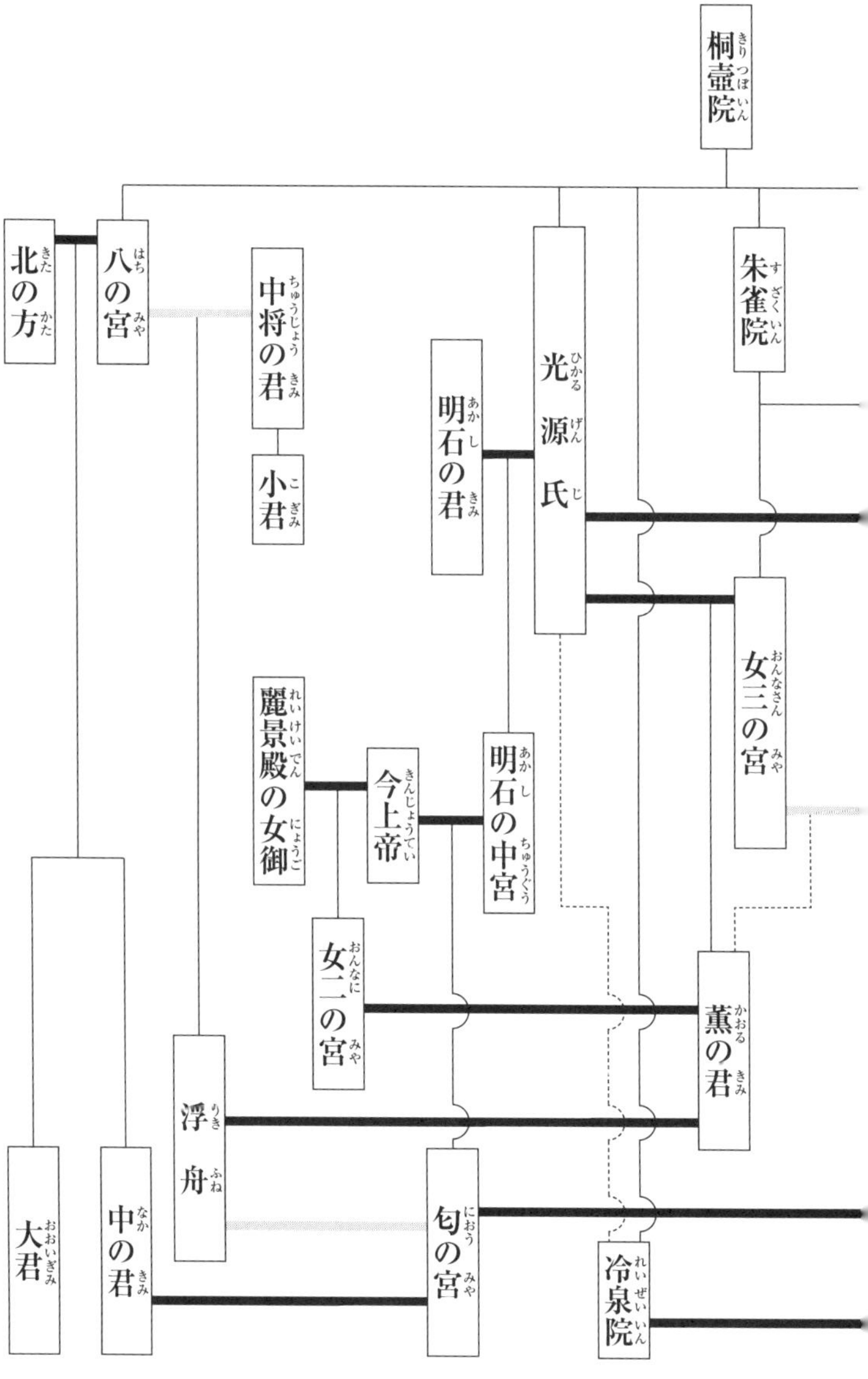

参考文献一覧

本書を執筆するにあたり、以下の文献（順不同）を参考にさせていただきました。紙面を借りまして、厚く御礼を申し上げます。

『日本古典文学全集 源氏物語』阿部秋生・秋山虔・今井源衛校注・訳（小学館）／『新潮日本古典集成 源氏物語』石田穣二・清水好子校注（新潮社）／『らくらく読める源氏物語』山田真理著（廣済堂出版）／『読んでみたい源氏物語』菊池規悦・文 カワハラユキコ・画（西東社）／『週刊光源氏』週刊光源氏編集部編（なあぷる）／『週刊光源氏2』週刊光源氏編集部編（小学館）／『面白いほどよくわかる源氏物語』大塚ひかり著（日本文芸社）／『速習源氏物語がわかる！ 世界最古の長編小説を読み説く！』中野幸一監修 陣野英則・縄野邦雄編著（かんき出版）／『源氏物語作中人物事典』西沢正史編（東京堂出版）／『源氏物語事典』林田孝和・植田恭代・竹内正彦・原岡文子・針本正行・吉井美弥子編集（大和書房）／『ひかりそへたる―源氏物語の恋の歌』俵万智・芳賀明夫著（講談社）／『源氏物語の女性たち』瀬戸内寂聴著（NHK出版）／『源氏物語図典』秋山虔・小町谷照彦編 須貝稔作図（小学館）／『源氏物語 六條院の生活』五島邦治監修 風俗博物館編（宗教文化研究所風俗博物館）／『あさきゆめみし』大和和紀著（講談社）

本書は、２００８年に小社から刊行された『「源氏物語」に学ぶ女性の気品』を改題、加筆修正し、新たにイラストを掲載しました。

著者紹介

板野博行　岡山朝日高校、京都大学文学部国語学国文学科卒。ハードなサラリーマン生活の後、カリスマ予備校講師になる。受験参考書でトータル300万部以上を売り上げ、現在は著作業に専念している。著書に『眠れないほどおもしろい百人一首』（三笠書房《王様文庫》）、『読めば100倍歴史が面白くなる名将言行録』（角川文庫）の他、多数。大学時代以来『源氏物語』にハマって何度も通読するにつれて、好きな女性は「夕顔⇒朧月夜⇒明石の君⇒朝顔の君⇒玉鬘」と変遷をたどっている。本書は、『源氏物語』の魅力的な18人の女性の生き方に焦点を当て、まとめた一冊である。

源氏物語《げんじものがたり》　紫式部《むらさきしきぶ》が描《えが》いた18の愛《あい》のかたち

2023年 12月 20日　第1刷

著　者　板《いた》野《の》博《ひろ》行《ゆき》

発行者　小澤源太郎

責任編集　株式会社プライム涌光
電話　編集部　03(3203)2850

発行所　株式会社青春出版社
東京都新宿区若松町12番1号〒162-0056
振替番号　00190-7-98602
電話　営業部　03(3207)1916

印刷　大日本印刷　　製本　フォーネット社

万一、落丁、乱丁がありました節は、お取りかえします。

ISBN978-4-413-23336-1 C0095